The world's strongest hard worker

# 世界最強の努力家

才能が【努力】だったので効率良く規格外の努力をしてみる

The world's strongest hard worker

蒼乃白兎

Illustration 紅林のえ

2

The world's strongest Hard worker

# 第一話　冒険者生活の始まり

マンティコア討伐から3日間も眠っていた俺は食事を済ませ、ギルド『テンペスト』の中にある椅子に腰掛けていた。

頬杖を突きながら机の上に広げた1枚の記事をボーッと眺めている。

記事には【英傑学園中等部一年生、Sランクモンスターのマンティコアを単独撃破】と書かれており、その現場に居合わせた俺からしてみれば、この記事の主がアンナであることは簡単に推測出来た。

アンナはかなり注目を集めていることだろうな……。

なにせSランクモンスターであるマンティコアを単独撃破するのはSランク冒険者でも難しいはずだ。

冒険者ギルド連盟により、多くの魔物はランクが定められている。

冒険者のランクと同じで魔物のランクはF～Sで表される。

Fランクモンスターは危険性が低くて、Sランクモンスターは危険性がかなり高い。

《英知》で過去にマンティコアを討伐した事例を調べてみたが、どれもパーティを組んで討伐に臨んでいる。

だから、アンナには国中からかなり期待が寄せられているだろう。

困ったことになったな……。

一度注目を浴びれば、今後普通の女の子として暮らしていくのは難しい。

もともと戦いの場から離れることはかなり難しいと予想していたが、今回の一件でそれはほぼ不可能になっただろう。

それにアンナのことだから周囲の期待に応えようと、より一層訓練に励むはずだ。

「あの、リヴェルさんですよね？」

一人悩んでいると声をかけられた。

声をかけてきた人物は、俺の見知らぬ人だった。

緑色の髪をした同じ歳ぐらいの少年だ。

「そうですよ」

「や、やっぱり！　えっと、俺、ウィルって言います！　……あの！　良ければ握手してくれませんか！」

ウィルは手を俺の前に差し出し、頭を深々と下げた。

「えーと、はい」

俺は少し困りながらもウィルの手を握った。

「ありがとうございます！　俺、大会でリヴェルさんの活躍見てめっちゃ憧れたんです！　だからギルドも前入っていたところを抜けて『テンペスト』に加入したんです！」

「それは嬉しいですね。じゃあこれからよろしくお願いしますね」

「はい！　よろしくお願いします！」

ふむふむ。

どうやら俺たちが想定していた通りの展開になってきたようだ。

ギルド『テンペスト』は廃れているが、土台はしっかりとしているため少しの改善さえ行えば、すぐにまた一流ギルドに返り咲くことが出来る。

ラルがそう思いつき、俺たちはテンペスト復興の計画を立てた。

まずは有名になり、ギルドメンバーを増やすことが最優先だ。

フレイパーラ新人大会は絶好の宣伝の場となる。

優勝出来れば、かなりテンペストの注目度は上がる、と想定していた。

今話しかけてきてくれたウィルが良い証拠。

結果は早くも出始めているようだ。

「他に新しく加入した冒険者はどれぐらいいるとか分かります？」

「えーと、俺の他に二人ぐらい加入してたのを見ましたね。でも今は不在です。たぶん依頼をこなしているんだと思います」

「ふむふむ。教えてくれてありがとな」

ウィルの他に二人か。良い調子だ。

それに依頼をこなしているというのは、かなりの前進だろう。

以前までテンペストには依頼が何も来なかった。

こうして依頼を引き受けることが出来るようになっているのも新人大会で良い結果を残せたことが大きいだろう。

そんなことを考えていると、先ほどからどこか落ち着かない様子だったウィルが突然ぐいっと距離を詰めてきた。

「うぅ～～、リヴェルさん！　感激です！」

そして眩《まぶ》しいぐらいの笑顔を俺に向けてくる。

「ど、どうした？」

「タメ口で喋《しゃべ》ってくれているのが凄《すご》く嬉しいんです！　なんとなくですけど、リヴェルさんと仲良くなれた気がして……！」

……なんか今までにいないタイプだな。

尊敬を通り越して崇拝しているように見える。

こうした態度を取られることに慣れてないから少し戸惑うが、とはいえ嫌な気分はしないな。

タメ口で喋っていたのは気が抜けていたからだが、プラスに働いてくれたみたいで良かった。

「俺で良ければ全然仲良くさせてもらうよ。それに同じギルドの仲間だしな」

「……俺、テンペストに入れて幸せです……。もう、死んでも構いません……」

そんな大袈裟《おおげさ》な。

そのとき、テンペストの扉が開いた。

やってきたのはロイドさんだ。

今日はいつもと違ってしっかりとした服装で、酔っ払ってもいないように見える。

「おお、リヴェル！　目を覚ましたか！」

ロイドさんがこちらにやってきた。

「はい。ご迷惑をおかけしました」

「へへ、気にすんなって。人生、ずっと寝ていたいときもあるさ」

……あるか？

「しかし、丁度いいタイミングで目を覚ましたな」

「丁度いいタイミング？」

「ああ。今さっき冒険者ギルド連盟に行ってきてよ、リヴェル、クルト、フィーアのランクを報告してもらったんだ」

冒険者ギルド連盟とは『テンペスト』やアギトが所属する『レッドウルフ』のような冒険者ギルドを束ね、管理している組織だ。

要するにフレイパーラにある多くの冒険者ギルドを支部とすれば、冒険者ギルド連盟は本部ということになる。

確かギルドマスターは月に一度、ギルドに所属する冒険者の様子を報告する義務があったはず。

それで初となる報告で俺たちの正式な冒険者ランクを告げられたわけだ。

ちなみにギルド加入当初は皆、Ｆランク（仮）となる。

だが、この時期は多くの新人冒険者が誕生するのでフレイパーラ新人大会の活躍次第ではランクが変動する。

優勝したい一番の理由は、この制度を最大限活用したかったからだ。

「どうでした？」

「いや～、凄《すげ》えな。リヴェル、お前はＢランクだ」

「え!?　Ｂランクですか!?　めっちゃ凄いじゃないですか！　流石《さすが》リヴェルさん！」

隣でロイドさんの報告を聞いたウィルは飛び跳ねて、自分のことのように喜んでいた。

「Ｂですか。それだけフレイパーラ新人大会での活躍が評価されたんでしょうかね」

「だろうな。ったく、俺も見ておけば良かったぜ」

ロイドさんは笑いながら、少し悔しそうな表情をした。

「それとクルトがＣランク。フィーアがＤランクだ。みんな良いスタートを切れたようだな」

……Ｂランクか。

十分すぎるスタートだな。

冒険者ランクは高ければ高いほど、権限が大きくなる。

冒険者のランクが高ければ容易に人脈を作ることが出来、強くなるための情報を集めることにも繋《つな》がる。

だが、それよりも大事な要素がランクによって大きくなっていく権限だ。

この権限こそ俺が冒険者になった一番の理由と言っても過言ではない。

Sランクの権限を使うことで《英知》では調べることの出来ない情報も入手可能となる。

それだけSランクというのは絶大な信用が寄せられている。

さて、Bランクに配属されたなら当面の目標はただ一つ——それはSランクになること。

英傑学園の入学まで残り3年だ。

長いようで短いこの時間を有効に使わなければならない。

そうだな……。

遅くとも2年以内にはSランクに到達しておきたいところだ。

＊＊＊

ランクを告げられた晩、俺たちはテンペストに集まって食事をすることになった。

俺、ラル、クルト、フィーアにウィルを入れて5人の集まりだ。

テンペストでは酒場の運営を始めたため、俺たち以外にも何人か食事をしている。

その中にはロイドさんの顔馴染みもいるようで、酒を飲みながら愉快そうに会話をしている。

「さぁ新しいギルドメンバーの歓迎会も兼ねて、今日はリヴェルに料理を作ってもらいました！」

ラルがそう言って、拍手をした。

「ラルから5人分の料理を作ってくれ、と言われてな」

「せっかくだし、リヴェルの手料理が食べたいな～と思ってね。……それに、大きな声では言えないけどリヴェルが作った料理の方が雇っている料理人よりも美味《おい》しいわ」

後半は他の人たちには聞こえないような声でラルは話した。

流石にそれはないだろ、と思ったが適当に流しておくことにした。

「えっ!?　これ、リヴェルさんが作ったんですか!?」

ウィルは驚いた顔をして、机の上にある料理に目を向けた。

キノコのクリームスープとステーキだ。

「そうだな」

「食べるのが勿体《もったい》ないっすね……。飾っておきたいぐらいです」

真剣な表情だ。

「飾る方が勿体ないと思うけどね」

クルトがつっこんだ。

「ハッ！　そうですね……流石はクルトさん！　食べないとリヴェルさんにも失礼ですよね！　ちゃんと美味しく食べさせて頂きます！」

流石に冗談かと思っていたが、この様子を見るにどうやら真面目に言っているようだ。

中々癖の強い新メンバーだな。

『……あるじ、キュウの分のごはんは？』

頭の上で眠っていたキュウだったが、クンクン、と鼻を動かしながら顔を上げた。

『安心しろ。アーモンドも買ってある』

そう伝え、俺は《アイテムボックス》からアーモンドの入った麻袋を取り出し、地面に置いた。

『あもんどっ！』

キュウは頭の上からアーモンドの入った麻袋に飛びついた。

「わわっ！　やっぱり、リヴェルさんの頭の上の生物って生きてたんですね」

「あー、そういえば紹介がまだだったな。こいつは俺の従魔で子竜のキュウだ。人懐っこい性格をしてるから可愛《かわい》がってあげてくれ」

「はい！　精一杯お世話させて頂きます！」

「うーん、キュウは賢いから手間がかからないんだよね。たぶん大丈夫だけど、何かあったらお願いするね」

「了解です！」

「とりあえず、冷めないうちに食べましょ。せっかくリヴェルが作ってくれたんだし、美味しく食べないとね」

「そうだな。話は食べながらでも出来るしな」

「ですね！　私、実はめちゃくちゃお腹空《なかす》いてたんですから！」

フィーアは胸を張ったが、何の自慢にもなっていなかった。

「アハハ。僕とフィーアは今日も打倒リヴェルを目指して訓練に励んでいたからね」

どうやらクルトとフィーアは模擬戦の訓練を続けているようだ。

なんで打倒俺なんだ？　と思ったが、そういえば大会で俺はクルトとフィーアを倒していたことを思い出した。

「そうですよ！　……もぐもぐ……」

フィーアはクルトに適当な相槌を打ちながら、一口サイズに切り分けたステーキを口に運ぶ。

「——ん～っ！　美味しいです！　びっくりするくらいお肉が柔らかくて、噛《か》んだ瞬間に肉汁がぶわっと溢《あふ》れてきて……！　今まで食べたどの料理よりも美味しいですぅ～！」

涙を流し喜ぶフィーア。

嬉しいけど、大袈裟すぎないか……？

「んん!?　めっちゃ美味《うま》いっすね！　すげえ！　流石リヴェルさん！　美味すぎて人間辞めてしまいそうです！」

ウィルもこれまたオーバーな反応を示した。

「人間辞めてしまいそうって……。ウィルは一体何になるつもりなんだ？」

「ウマ……ですかね」

「……そうか」

よく分からない返しだった。

とりあえずスルーしておこう。

褒められるのは嬉しい反面、少し恥ずかしい。

そうだな。

話題を変えよう。

「そういえば、クルトとフィーアはランクの件についてはもう知ってるか？」

「ああ。さっきロイドさんから聞いたよ。僕がCランクでフィーアがDランク。そしてリヴェルはBランクだね」

「そうそう。まずは、皆良いスタートを切れたようで安心したよ」

「へ～、凄いじゃない。大会の結果だけでそんなにランクって上がるものなのね」

「いや、たぶんだけど今回は今までとは違う評価基準だったんじゃないかと思ってる」

「そうなの？」

ラルが疑問に思うのも無理はない。

俺もBランクに配属されたことを喜ぶ反面、不思議に思ったのだ。

冒険者のランクは高ければ高いほど権限が大きくなる。

ランクを決める評価基準は明確に提示されているわけではないが、冒険者ギルド連盟が信用出来る人物に高いランクを与えようと思うのが普通だ。

信用と言ってもその人の人柄などではなく、簡単に言えばどれだけの実績と経験があるかが問われる。

そのため実績を元にランクを決めているのだと思われていた。

だが、今回はそれに当てはまらない。

フィーアのDランクぐらいならまだしもCランクからは中堅クラスの冒険者に多いランクだ。

実績も経験もない俺やクルトにそれだけのランクを与えるはずもない。

《英知》で調べたが、今までのフレイパーラ新人大会の結果で与えられた最高のランクはDランクだった。

つまり、今回の措置は異例中の異例なのだ。

この背景を軽く説明すると、

「なるほどね～。もしかしたら何か事情があるのかもね」

「かもしれない。……ただ、実力の高い冒険者は高ランクに上がりやすいのもまた事実。今回からフレイパーラ新人大会後のランク評価の仕様を変更している可能性だってありえる」

「じゃあ変に考えていたって仕方ないわね。ギルド『テンペスト』にとっては追い風なわけだし！」

「まあそうだが、用心しておくに越したことはないからな」

「オッケー、そこら辺は念頭に置いておくわ」

「ありがとう。助かる」

みんなでランクについて話していると、

「「ごちそうさま～！」」

フィーアとウィルが料理を食べ終わっていた。

俺、ラル、クルトはまだほとんど残っている。

「リヴェルさん、凄く美味しかったです！　私、貧乏だったこともあってよく節約しながら料理を作っていたんですけど、味はあまりぱっとしないんですよね。良ければ、今度私に料理を教えてくれませんか！」

「あ、俺も邪魔じゃなければリヴェルさんに料理を教えてもらいたいです！」

フィーアとウィルがそう言って頭を下げてきた。

それに俺が返事をする前に、フィーアとウィルの後ろから声がかかる。

「おめえら随分とやる気があるみたいだな〜？　明日からの特訓、厳しくしていくからなぁ〜」

呂律《ろれつ》が少し回っていない、酔っ払ったロイドさんがそう告げた。

「ギャー！　お父さん！　い、嫌です！　それだけは勘弁して！」

「お、お、俺、明日は依頼を引き受けようと思います！」

「コラァ！　てめぇら逃げようとすんじゃねえ！」

騒がしさを増すテンペストの酒場。

以前とは比べものにならないほどテンペストは賑やかになった。

その光景を見て、俺はやっと冒険者になったのだと実感が湧いてくるのだった。

＊＊＊

翌日、早朝に目を覚ました俺はテンペストを訪れた。

早朝だというのにチラホラと人の姿が見えた。

そして驚くことに誰もいなかったカウンターに受付嬢が座っていた。

受付嬢は俺に気付くと近寄ってきた。

「初めまして、今日からここで受付役を務めさせて頂くことになりましたエレノアと申します！　リヴェルさんですよね？　よろしくお願いいたします」

年の頃は二十歳ぐらいだろうか。

笑顔で話すエレノアさんからは落ち着いた大人の印象を受けた。

「よろしくお願いします。俺の名前を知っているんですね」

「所属する冒険者の情報は記憶しておりますが、顔を見て判別が付くのはフレイパーラ新人大会で結果を残しているリヴェルさんを含む３名だけですね」

「なるほど」

「リヴェルさんはＢランクですが、冒険者としてはまだ日が浅いですし、ギルドの受付嬢の業務内容をあまり御存知ではないかと思います。軽くですが、説明させて頂いてもよろしいでしょうか？」

エレノアさんの対応力は素人《しろうと》のものではない。

どこかのギルドで受付嬢を務めていた経験があるのだろう。

優秀な人であることがすぐに分かった。

「お願いします」

《英知》で調べれば一瞬だが、良い機会なので説明を聞くことにした。

それに、せっかくの申し出だし。

エレノアさんの説明を要約すると、冒険者に関係する受付嬢の仕事は、
・ギルドに依頼されたクエストの提案
・受注クエストの達成報告
の二点だ。もちろんそれ以外にも仕事はあるだろうが、新人冒険者である俺のために分かりやすく、簡潔に、必要なことだけを説明してくれた。

つまり受付嬢は冒険者が活動に専念出来るようサポートしてくれるとのことだ。

それを踏まえて、俺はエレノアさんに一つ頼み事をすることにした。

「エレノアさんの方からギルドに依頼されたクエストの提案をしてくれるんですよね？」

「そうですねー。リヴェルさんはBランクですが冒険者としての歴は浅いのでD～Cランクのクエストをご提案させて頂くことになるかと思います。その後、ある程度実績を重ねて頂ければランク相応のクエストをご提案出来ると思います」

「では一つお願いがあります。提案するクエストは、やり方次第で瞬時に終わるものを選んで頂けませんか？」

「……瞬時に終わるもの、ですか。現状で紹介出来るクエストも多くはないと思うので何とも言えませんが、出来るだけ希望通りになるよう頑張りますね！」

「よろしくお願いします」

エレノアさんとの会話を終えた俺は、テンペストの闘技場に向かった。

今日は色々と試したいことがある。

誰もいないこの時間だからこそ、人目を気にせずやりたいことが出来る。

『そういえば、キュウはマンティコアと戦っているときに身体《からだ》が大きくなっていたよな。それって今も出来るのか？』

まずはキュウについての疑問を解消していく。

アンナが【竜騎士】としての才能を発揮出来たのは、キュウが大きくなり戦闘に参加出来たおかげだ。

今後の冒険者生活でキュウも戦えるのなら、かなり役立ってくれるだろう。

『ん～～～！　むずかしい！』

『難しい？　どうしてだ？』

『アンナの力を借りられたからキュウ、おっきくなれた』

『力って魔力のことか？　それなら俺から借りれば良いんじゃないか？』

『魔力とはちょっと違う。キュウもよく分からない』

『なるほど……。竜騎士特有の何かがアンナにあったのかもしれないな』

『あ！　でもアンナから懐かしい匂いがした！』

『懐かしい匂い？』

アンナは俺の幼馴染だ。

物心がつく頃には隣にいたし、キュウどころか子竜も竜も見たことはないはず。

アンナの反応も初めてキュウを見たような感じだったし。

『よく分からないけど懐かしい感じがした！』

抽象的すぎるものを《英知》で調べることは難しい。

そう思い、俺はキュウの『懐かしい』というワードを気にかけながらも流すことにした。

『うーん、気のせいだろう。とりあえず、今のところキュウはアンナがいないと大きくなれないというわけか』

『そうなる』

『今の状態で戦えたり出来るのか？』

『うんっ！　出来るよ！』

どうやらキュウには自信があるようだった。

『ほほう。じゃあその実力を見せてもらってもいいか？』

『あい』

キュウは羽ばたいて、空中を飛び回る。

そして、深呼吸をするように大きく息を吸い込んだ。

口から魔力の反応を感じる。

「キュオォ」

なんとキュウの口から火炎が噴出された。

だが、大きさはキュウのサイズに見合うもので全く脅威を感じない。

戦闘に使える、というよりも芸のように見える可愛らしいものだった。

『あるじ、どう？　強そうだった？』

俺のもとへ戻ってきたキュウは何処《どこ》となく満足げな表情だ。

『……うん、可愛かったよ』

ガーン。

キュウは目を丸くして、口をぽかーんと開けていた。

『……キュウ、ショック……』

「キュウ、大丈夫だ！　きっと成長すればキュウもめちゃくちゃ強い竜になるはずだから！」

『……キュウ、頑張る……』

キュウ、頑張れ。

その後、俺は自身の鍛錬に励むことにした。

キュウには危ないから闘技場の隅で待機してもらっている。

鍛錬と言っても、これはマンティコア戦で編み出した魔力の扱い方の復習だ。

土壇場での極限の集中力だからこそ扱えた可能性だってある。

いついかなるときでも存分に実力を発揮出来なければいけない。

「一度、《剛ノ剣》を放てるか確認してみよう。出来たらロイドさんに報告し、お披露目してみるかな」

《剛ノ剣・改》は取得したものの《剛ノ剣》は取得していない。

ウォーミングアップも兼ねて、身につけた魔力制御を実践し、本当に《剛ノ剣》が放てるのか、試してみることにした。

＊＊＊

［スキル《剛ノ剣》を取得しました］

剣を振り終えた俺は一息つく。

無事、《剛ノ剣》を取得することが出来た。

《剛ノ剣》の威力は《剛ノ剣・改》の６割ほど。

どちらも１回しか使用していないし、直感なので厳密にそうとは言えないだろうけど。

「あれ？　リヴェル、今日は随分と早いね」

「リヴェルさんも朝から特訓ですか？」

クルトとフィーアが闘技場にやってきた。

「ああ。《剛ノ剣》を使えるようになったか確認していたところだ」

「えっ!?　いつの間に使えるようになったんですか？」

フィーアはウサギの耳をぴょんっと立てて驚いた。

無理もない。

大会が始まる前まで《剛ノ剣》の取得はほとんど進んでいなかった。

マンティコアと戦うことになっていなければ、今も取得出来ていないだろう。

「ちょうど最近コツを摑《つか》んだんだ。で、あとはとんとん拍子に取得って感じかな」

「えぇ……。そんな簡単に取得出来ますか？　これはもう才能としか言いようがないですね。ずるいです。努力」

「まぁフィーアがそう思うのも分かるけど、果たしてフィーアが努力の才能を貰っても活用出来るのかな？」

クルトが言った。

「へ？」

「リヴェルは魔力枯渇状態を1日に10回も経験しているんだよ。それ以外に魔法の知識も物凄い。それだけの努力を行うことは流石の僕も無理だね」

「あー……そういえばそうでしたね……。やっぱり努力の才能いらないです」

フィーアは可哀想な人を見るような目で俺を見つめてきた。

俺は今、褒められているのか貶《けな》されているのかよく分からなかった。

「それで取得した《剛ノ剣》の威力はどう？」

クルトが興味深そうに聞いてきた。

「丁度ロイドさんに報告しようと思っていたんだ。かなり面倒見てもらったし」

教え子の成長はきっと喜ばしいものだろう。

あれだけ親身になって教えてくれたんだ。

その恩を返したい。

「そのときに僕も拝見させてもらおうかな」

「あ、私も見たいです」

「じゃあロイドさんを呼んでくるか」

ギルドマスター室に行くと、ロイドさんが仕事をしていたことに少し驚いた。

《剛ノ剣》を取得したので見てくれませんか、と伝えたところロイドさんは嬉しそうに闘技場に来てくれた。

ラルも誘おうかと思ったが、早朝ということもあり不在だった。

「さーて、それじゃあ見せてもらおうか。お前の《剛ノ剣》を」

ロイドさんが言う。

「はい」

俺は返事をし、皆から少し離れたところに移動する。

「あっ、リヴェルさんちょっと待っててください！」

「ん？　分かった」

フィーアが何かを思い出したかのように闘技場から出て行くと、荷台を手で押しながら戻ってきた。

「そういえば、こんなものがギルドに余っていました。ちょうど良いので、この機会に使ってしまえばいいかなーって」

そう言って、フィーアが荷台から取り出したのは藁《わら》で巻かれた的だった。

「確かに的があれば、威力が分かりやすいな」

フィーアは巻藁を設置すると、そそくさと離れた。

よし、と意気込んで俺は鞘《さや》から剣を抜いた。

そして《剛ノ剣》を発動。

空を裂く音は、今まで練習していたものとは比べものにならない。

目の前の巻藁はバキバキと音を立てて、真っ二つに裂け、風圧で闘技場の端まで吹っ飛んでいった。

その光景を見て、ロイドさんは豪快に笑った。

「これは間違いなく《剛ノ剣》だ！　まさかこんな短期間で取得しちまうとはなぁ。驚きすぎて笑うしかないな」

「素人目でも物凄い一撃だと分かったよ」

「リヴェルさん本当に凄いです！　これは私たちが負けたのも仕方ないですね！　あー仕方ない！」

フィーアの言う私たちとは、フィーアとクルトのことだろう。

……そのときは《剛ノ剣》を取得していなかったと思ったが、黙っておくことにした。

「しかし、この《剛ノ剣》には改良出来る部分があったんですよね」

「ほう……。一体どう改良するって言うんだ？」

興味深そうにロイドさんが呟《つぶや》いた。

「《剛ノ剣》は全力の一撃ですよね？」

俺はロイドさんに確認の意味を込めて問う。

「ああ、その通りだ。全力で放つ一撃必殺が《剛ノ剣》だ」

「俺が改良した点はそこです。ロイドさんの言う通り《剛ノ剣》は全力で放つ一撃でしかないんですよ」

「……なるほどな」

「へぇー、流石リヴェルだ。考え方が常識に囚《とら》われていない」

納得した様子のロイドさんとクルト。

「リヴェルさん、すみません……。私は何も分かりません」

フィーアは何が何だかという感じだ。

まぁ、これだけの説明で察しがつく二人が凄いだけで、普通はフィーアのような反応をするだろう。

「つまり《剛ノ剣》のままでは限界を超えた一撃を放つことは無理なんだよ」

「ふむふむ……なんとなくですけど、分かりました。でも、限界を超えた一撃なんて可能なんですか？」

「可能だ。既に俺はもう取得している」

「ええっ!?」

「へぇ……」

「ハッハッハ！　1日で何回驚かせれば気が済むんだお前は！」

《剛ノ剣・改》もせっかくだし見せておくことにした。

この一撃がどれだけのものなのか、ロイドさんの反応を見れば今後のやるべきことがより明確になる。

「せっかくなので、改良した《剛ノ剣》……その名も《剛ノ剣・改》もお見せします」

フィーアが運んできてくれた荷台からもう一つ巻藁を取り出し、設置する。

ふぅ、と深呼吸をして、再び姿勢を整える。

そして、魔力の波を最大の状態で維持させる。

……なるほど、この状態はかなり魔力と体力を消耗するみたいだ。

改めて使ってみると、マンティコア戦の後に3日も眠った理由が分かった。

《剛ノ剣・改》を発動すると、踏み込みから《剛ノ剣》と全く違うことが実感出来る。

風圧で地面が裂け、斬撃を受けた巻藁は散り散りになった。

それは今の一撃が、風圧で地面を切ってしまうほどの威力を持っていたということになる。

たったの一振りで筋肉が痙攣《けいれん》しており、1日に何度も使うことは出来ないだろう、と俺は判断を下した。

「…………マジか」

「……まったく、リヴェルは凄い勢いで強くなっていくね」

「……さっきよりも凄い一撃を見せられて反応に困ります」

皆、呆れた顔で俺の方を見ていた。

「……ハァ、打倒リヴェルさんの壁が更に高くなりましたね」

フィーアはため息混じりに呟いた。

「目標は高ければ高いほど良い。簡単に達成出来るものではつまらないからね」

クルトが答える。

クルトらしい考え方だな、と俺は思った。

ロイドさんは呆然《ぼうぜん》とした様子で俺を見ている。

この反応で大体のことは察しがついたが、俺は念のため今の一撃がどのレベルだったか聞くことにする。

「ロイドさん、今の一撃はどのランクまで通用しますかね？」

「……Sランクのモンスターも一撃で倒せるだろうさ。正直なところ、これ以上の剣技を出せる奴は中々いねぇ。お前の父親クラスじゃないと難しいだろうな」

確かにマンティコアは《剛ノ剣・改》で一撃だった。

Sランクモンスターを一撃で倒せるというのは、ロイドさんの話を聞く限り、かなりの威力だということが分かる。

ならば、今後一撃の威力が高いスキルを求めるのは優先順位として低くなる。

多くのスキルを身につけ、手札を増やすことが実力向上に大きく繋がってくるだろう。

幸い、効果の高いスキルは《英知》でいくつも調べている。

エレノアさんに紹介されたクエストをこなしながら、スキルを取得していくのが今出来る最適な行動だろう。

＊＊＊
《剛ノ剣・改》をお披露目した後、俺は色々な冒険者ギルドを回った。

その目的は、俺の思う優秀なスキルが他の冒険者にとっても優秀と思われているか確かめるためだ。

《英知》の情報はかなり重宝しているが、周りとの齟齬《そご》が生じる場面も何度かあった。

魔法の勉強をしていると思ったら、失われた知識である古代魔法の勉強をしてたりとか。

基本マイナスに働くことはないので、そこまで気にすることでもないが、念には念を入れておく。

……まぁそれだけでなく、色々な冒険者と交流するのは俺にとってプラスだ。

情報と人脈は効率の良い努力をするうえで欠かせないからな。

ギルドを回っていく中で『レッドウルフ』に行ってみると、狼の耳を生やした獣人で【最上位剣士】の才能を持つアギトと出会った。

「リヴェルか。こんなところで何してんだ」

「名前覚えてたのか。てっきり覚えてないものかと」

「俺に勝った奴だからな。お前の実力は認めてやってんのさ」

「そうか、変に噛み付いてこなくなれば俺としても助かる」

「ッケ、誰も噛み付かねえとは言ってねえよ。余裕な顔してられるのも今のうちだぜ。いつかお前を超えてやるからな」

　アギトの鋭い目つきは、まるで獣のようだった。

　ウチの獣人とは正反対の性格だな。

「そうしてもらえると俺も助かる」

「――あ？　変わってんなオメェ」

「そうでもない。ところでアギトはスキルについて詳しかったりするか？」

「全く知らん」

「……あぁ、そう」

「――ッチ、てめぇと馴れ合うつもりはねェ。じゃあな」

「おう。またな」

　交わした会話はこれだけだった。

　何の情報も得ることは出来なかったが、アギトのやる気が上がったように思えた。

　そして、冒険者ギルドを回り、スキルについて情報収集しているうちに日が暮れた。

　概《おおむ》ね俺の想定していた通りの結果だったと思える。

　印象としては所持していたら一目を置くレベル。

中には比較的難易度の高いスキルや、聞いたこともないスキルもあるみたいだが。
まぁ、今後取得することを目指すスキルは出揃った感じがする。

《空歩》
《真偽判定》
《絶対固着》
《接触感知》
《魔力皮膜》
《領域》
《必中》
《料理人》

このピックアップしたスキルは、汎用性に優れたものだ。
自分の出来ることが多ければ多いほど、いかなる状況にも対応出来るようになる。
だが《料理人》だけは、少し違う。

○スキル《料理人》
このスキルは料理に携わる才能を持つ者だけが得ることが出来る。
スキル取得後、味覚・嗅覚・料理センスが上がる。
○取得条件
100人に心から美味しいと感じる料理を作り、食べさせる。

料理に関して言えば汎用性は高いスキルだろう。
しかし、料理が出来る出来ないで困る場面は少ない。
それでも俺はこのスキルを取りたいと思った。
美味しい料理は人を笑顔にする。
3年後に再会したとき、俺の料理でアンナが喜んでくれなかったら嫌だからな。
今後は努力の妨げにならない程度に料理を振る舞う機会を増やしていこうかなと思う。
今後、取得すべきスキルを確認した俺は眠りについた。

翌朝ギルドに向かうと、エレノアさんから、短い時間で終わらせることが出来そうなクエストが見つかったと報告を受けた。

受付で俺は依頼書に目を通す。

ランクはＤ。

依頼主は貴族で、屋敷の庭に池を作りたいので水を運んでほしいとのこと。

「フレイパーラ新人大会の決勝戦でリヴェルさんは魔法を多用していたので、このクエストは素早く終わらせることが出来ると思います」

「確かに、池となる場所に水魔法を使えば、すぐに終わらせられそうですね」

「はい。貴族の方からの依頼なので、内容の割に報酬金もそれなりの額になっていますね」

「銀貨10枚か。確かに破格ですね」

そう言うが、俺は報酬など一切気にしていない。

金儲けしようと思えば、需要のあるものを魔法や錬金術で作り、ラルに買い取ってもらえばいい。

だが、エレノアさんに変な不信感を与えて、関係が悪くなるのも嫌なので適当に合わせておく。

「では、このクエストを受注しますね」

「よろしくお願いします」

「屋敷の場所は、依頼書に書いてある通りですが、迷ったり分からなかったりしたことがあれば何でも聞いてくださいね」

「ありがとうございます。たぶん迷わずに行けると思います」

依頼書をしまい、俺は依頼主の屋敷に向かうのだった。

# 第二話　クエストとスキル《空歩》

貴族の屋敷にはすぐに到着した。

門番がいたので、声をかけて依頼を受けた冒険者であることを伝えると中に入れてもらえた。

門をくぐると、立派な庭園の中程まで案内される。

そこに長方形を少し歪《ゆが》ませたような穴が掘られていた。

排水出来そうなものも用意されており、間違いなくこれが池の予定地になるのだろう。

「よく来てくれた！　最近、我が屋敷に池を作りたくなってな。人手に困っていたところなのだ」

現れたのは、高貴さを感じさせる衣装を身に纏《まと》った少し老けた男性だった。

発言から察するに、この男性が屋敷の主人であり、俺の依頼人だろう。

「初めまして。本日はよろしくお願いいたします」

「うむ。報酬は内容に釣り合わないものを用意しておいた。相応の働きを期待しておる」

「ありがとうございます。お任せください」

「やってもらいたいのは池の水を汲んでくることだ。少し離れたところに井戸がある。活用してくれたまえ。……ふむ、しかしお主一人に任せて大丈夫なのかと不安になってきたな」

「大丈夫です。すぐに池を作ってみせましょう」

「信用ならんなぁ。冒険者なんぞに依頼すべきではなかったかもしれんな。毎回仕事が雑で最近は依頼を控えていたのだ」

口振りから、このクエストはウチのギルドに直接依頼したわけではなさそうだ。

冒険者ギルド連盟に依頼し、そこから多くのギルドに依頼されているものだったか。

となると、このクエストは余り物に分類されるのかもしれない。

誰もやりたがらなかったクエスト……か。

「なるほど、しかし安心してください。この依頼はすぐに終わりますので」

「ほう？　どうやってすぐ終わらすと言うのだ？」

「簡単です。魔法を使えばいいのですから」

「魔法だと？　この池を満たす量の水を魔法で用意するというのか？」

「はい、その通りです」

「……やれやれ。とんだ大馬鹿者がいたものだ。この依頼を受けるような冒険者に、この池を満たすほどの水魔法を使える者は誰一人おらんだろうに。どれだけの魔力が必要だと思っておるのだ。私をこれ以上失望させないでくれ」

「まぁ、とにかくやってみましょう」

俺は池の予定地の前に立ち、水魔法を使う。

水をどこから出すか迷ったが、腕を伸ばし、手の先から出すことにした。

勢いよく噴出される水。

池は数分もしない内に出来上がった。

魔力の消費量としては、全体の2割ほど。

Dランクで魔法を使う才能を持つ者の魔力量では、この池を満たすほどの水も出せないのか。

となると、俺の魔力量は少なくとも同年代の5倍はありそうだ。

「出来上がりましたよ」

「…………………お主、歳はいくつだ？」

「12歳です」

「…………ありえん……その歳でこれだけの魔力を持つ者がいるわけが……」

「池はこれで大丈夫ですかね？」

「……ああ。もう一つ聞いて良いか？　お主の才能は何だ？」

「才能は【努力】です」

「【努力】だと……？　……ということはお主が今年のフレイパーラ新人大会の優勝者か？」

「そうですね」

「……なるほど、納得だ。今年の優勝者は例年と比べて格が違うらしいな」

例年の優勝者を知らないため、何とも言えない。

《英知》で調べてみようかと一瞬頭をよぎったが、別にその必要はないなと判断した。

そして、俺は無事に初の依頼を終わらせ、テンペストに戻ってきた。

「エレノアさん、ありがとうございました。さっきのクエスト、すぐに終わりましたよ」

移動時間を含め、15分ほどで終わった。

「……随分と早いですね。屋敷まで少し距離もあるのに……。私、リヴェルさんが戻ってきたのを見て、道に迷ったのかなと思いましたよ」

屋敷までの移動は建ち並ぶ屋根の上を走って行ったので、早く到着することが出来た。

「流石に道には迷いませんよ。さっきみたいなクエスト、他にもあります？」

「そうですね……。迷子になったペットの捜索依頼とかありますけど」

「あ、それいいですね。ペットは何の動物ですか？」

「猫ですね。……でも、捜索依頼は見つからなければ結構時間がかかってしまいそうですけど……」

「猫なら多分大丈夫です。その依頼引き受けといてください」

「わ、分かりました。それでは、これが捜索依頼の猫の特徴と依頼主のご自宅です。見つけ次第、送り届けてあげてください」

「了解です」

そう言って、俺は再びテンペストから出て行った。

捜索依頼と聞いて、ピンときたのは探知魔法だ。

これを使えば、すぐに見つけられそうな気がする。

以前、猫を見たとき魔物同様僅かに魔力を発していた。

探知魔法を使うと、フレイパーラ中の大量の魔力反応を感知した。

その中から猫が発するものだけに絞り込むが、それでも反応はまだ多い。

しらみつぶしに探していくしかなさそうだ。

運要素もあるが、先ほどよりも時間がかかることが考えられるので、同時に鍛錬も行うことにした。

俺は魔法で自身の周りにある酸素の濃度を薄くする。

父さんが作り出した鬼火を参考に俺が考えた魔法だ。

呼吸がしにくいこの環境での運動は、効率良く持久力を鍛えてくれる。

そして、30分後。

俺は猫を見つけ、依頼主のもとに届けると、再びテンペストに戻った。

「さっきのクエスト終わりましたー」

「はやっ！　リヴェルさん早すぎますよ！」

「でも30分ぐらいかかりましたよ？」

「普通、このクエストはそんな簡単に終わらせることは出来ません！　……まぁ、この調子ですとDランク帯のクエストは、全てこれぐらいの早さで終わらせられると思いますので、ガンガン引き受けていきましょう」

「そ、そうですか？」

「はい、次これ行ってきてください！」

エレノアさんに笑顔でクエストの紙を渡された。

その後、俺はクエストとテンペストの往復を繰り返し、1日で7個のクエストを終わらせたのだった。

＊＊＊

翌朝ギルドの受付を訪れると、エレノアさんから、

「では次、Cランクのクエストを5個ほど終わらせましょう！　そうすればBランクのクエストのご提案が出来ます！」

と言われ、テーブルに何枚もの依頼書が並べられた。

依頼書の右上に【推奨ランク：C】と書かれている。

並べられた依頼書の内容を順に確認していく。

Cランクで提案されたクエストのほとんどは、魔物の討伐依頼だった。

「ジャイアントスライム5体の討伐、場所はヘリミア村ですか」

ヘリミア村はフレイパーラから少し離れたところにある村だ。

村の近くの平原にジャイアントスライムが出没したので、討伐してほしいとのことらしい。

ジャイアントスライムはCランクのモンスターだ。

この依頼は確かにCランク以上の冒険者に推奨すべきものだろう。

「ヘリミア村までは馬車で2時間ですね。少し時間がかかると思うので、Dランクのときみたいに一気に終わらせたりは出来ないと思いますが、頑張って進めていきましょう！」

「馬車で2時間ですか……じゃあ、馬車で行かないので今日中にもう一つクエストをこなせると思います」

「…………そういう判断しちゃいます？」

エレノアさんは困惑しているようだ。

あれ、昨日はノリノリでクエスト押し付けてきたのに……。

「そこまで長距離の移動でもないので、馬車に乗る必要性はなさそうですし、走った方が鍛錬になります」

「え、えーっと……体力とか不安になりませんか？」

「はい。体力はあまり鍛えられていないので、こういう機会に鍛えていこうと思っていたんですよ」

冒険者としてクエストをこなしていく上で、移動することは必要不可欠。

今まで体力面を鍛えてこなかったのは、これを見越してのことだった。

だが、体力が尽きてクエストに失敗したー！　なんてことは許されない。

それを補うために、色々と対策出来そうな魔法は考えてある。

まぁ体力が尽きることとなんてないと思うが、一応な。

「発想が他の冒険者とかけ離れすぎていますね、リヴェルさんは……」

「そ、そうですか……？」

「でもちゃんとクエストをこなしてくれるでしょうし、仕事も早いなら、何も言うことはないですね。むしろそのストイックさを見習っていきたいぐらいです」

「そんなことないですよ。エレノアさんがサポートしてくれるおかげです。じゃあ、早速行ってきますね」

「はい！　頑張ってきてください！」

＊＊＊

リヴェルがいなくなったギルド内で、エレノアはリヴェルが引き受けたクエストの事務処理を行っていた。

「エレノアさんお疲れ様～」

エレノアの前に現れたのはラルだった。

「あ、ラルさん！　お疲れ様です～！」

「見たわよ、あの報告書。リヴェルの奴1日で7個もクエストを終わらせたの？」

ラルは年上であるエレノア相手にも少し砕けた口調で話した。

それは立場上ではラルの方がエレノアよりも上であるからだ。

　そのことを理解している二人は、自然と会話を進めていく。

「そうですね、たった今Cランクのクエストを引き受けてギルドを出て行ったところです。……それも馬車を使わずに走って行くそうです……」

「流石リヴェルね……。本当にわけの分からないことをしてくれるわね」

　ラルは笑いながら頭を抱えた。

　そして、思い出すのはリヴェルがしてきたとんでもない出来事の数々だった。

　魔力枯渇状態を利用した誰も真似出来ない努力。

　塩づくりに《アイテムボックス》の取得。

　フレイパーラ新人大会の優勝。

　もうラルはリヴェルのとんでもない行動に慣れつつあった。

「既にリヴェルさんは実力だけで言うならSランク冒険者と引けを取らないと思いますよ」

「……やっぱり？　だからこそ、今までに例のないBランクに配属された訳よねぇ」

「それにまだまだ強くなるでしょうね、リヴェルさんは。あの強さを手にしているというのに全く慢心がないですから」

「あーそうかも。リヴェルが目指しているのは世界最強らしいから」

「世界最強……ですか。リヴェルさんならもしかすると、なれるかもしれませんね」

「……エレノアさんが言うと説得力が違うわね」

「いえいえ、そんなことありませんよ。もうかなり鈍っていますし、当時でもリヴェルさんの方が圧倒的に実力は上だと思います」

「ふふ、その真相を追求するのは今は止《や》めにしておくわね。とにかく、エレノアさんにギルドの受付嬢を任せて正解だったわ。みんなのサポートよろしくね」

「はい、お任せください！」

＊＊＊

ヘリミア村までの道のりをどう行くかは前もってある程度考えていた。

当たり前だが、移動時間を短くするには、最短距離、つまり目的地までの直線距離を進むのが一番だ。

だから、ついでにあのスキルを取得しておこう。

---

○スキル《空歩》
魔力で空気を蹴って空中を翔けることが可能になる。
○取得方法
足の裏に魔力を巡らせ薄い膜を形成し、歩行時に吸着させる。

---

魔力の扱いには長《た》けている自信があるので、割とすぐに取得出来るんじゃないだろうか。

取得方法は、まず足の裏に魔力を巡らせる。

これは《魔力循環》で代用可能だった。

そして、薄い膜を形成する――うん、完璧だ。

あとは、この薄い魔力の膜を空気に吸着させれば良いんだな。

俺はジャンプして、空を歩こうとした。

……だが、そう簡単にはいかない。

俺は空を歩くことが出来ずに、地面に着地した。

この吸着という工程、少し難しいな。

コツを掴むのに何度も挑戦することとなった。

ジャンプ、ジャンプ、ジャンプ。

その間にフレイパーラの街から出てくる人たち、主に冒険者たちに「なんだアイツ……？」という風な白い目で見られていた。

しかし、15分ほど練習すると、

［スキル《空歩》を取得しました］

無事にスキルを取得し、俺は空を歩くことに成功した。

「おお……本当に空を歩いている……不思議な感覚だ」

地上を歩くのとはわけが違う。

地面を蹴ることが出来ないので、移動するにもコツがいりそうだ。

「……ア、アイツ、空を歩いてないか!?」

「おいおい、人が空を歩けるわけ——ホンマや！」

あ、周りの人が混乱している。

白い目で見られるのは良かったが、混乱させるのは迷惑になるだろう。

人目につかないところで練習するべきだったな。

俺は地面に降りて、立ち止まっている人たちにペコリと頭を下げた。

そして《空歩》は最短距離の行く手を阻む森を越えるためだけに使うことにして、足に魔力を溜めて《身体強化》を使うと、この場から逃げるように走り去った。

＊＊＊

「……ふぅ、結構体力使うな」

全速力でこれだけの距離を走れば、流石に息が切れる。

20分ほど走ったところで森が見えてきた。

ここを越えればもう少しでヘリミア村だ。

「よし、じゃあ使うか」

《空歩》を使用して、森を越えられるぐらいの高さまで歩いて行く。

「ぐぬぬ、めちゃくちゃ歩きづらいな」

愚痴をこぼしながら、もがくこと数分、俺はあることに気付く。

「……これ風魔法と相性が良いのでは？」

俺の才能がなかったのか、《空歩》だけでは満足に移動することが出来なそうだ。

だから《空歩》は宙に浮くための手段として用いる。

自分で歩こうとするのではなく、風を動力にして移動する。

この発想自体は悪くない気がする。

あとは試してみるだけだ。

自分の背中を押すように風魔法を発生させる。

最初は威力の弱いもので様子を見てみる。

「お、おお!?」

結構良い感じに動く。

ふわふわ～、とした感じ。

これでは空を歩く、というよりも飛んでいると言った方が合っていそうだ。

「左右は——と……うん、大丈夫そうだな」

風向きを変えることで左右に移動することが出来た。

《空歩》の魔力の消費量は超回復分を少し上回ってるぐらいで、あまり気にしなくても良さそうだ。

実質、風魔法を使った分だけ魔力が減っていく。

この移動方法、実戦でもかなり使えるかもしれない。

思わぬ収穫を得たな。

「それじゃあ、ヘリミア村まで飛んでいくとするか」

＊＊＊

……流石にヘリミア村まで飛んでいくのはまずいことに気がついた。

飛んでいる途中で冷静になれて良かった。

ヘリミア村の近くに着地して、そのあとは走って村まで向かった。

「な、なんだお前！」

ヘリミア村の前には見張り役の衛兵が立っていた。

俺に気付いた衛兵は警戒し、手にしていた槍をこちらに向けた。

「ジャイアントスライムの討伐依頼を引き受けた冒険者です」

そう言って俺は依頼書を衛兵に渡した。

「……た、確かにこれはウチの村が依頼したものだ。……でも何故《なぜ》お前は馬車にも乗らずに来ているんだ!?　かなりの距離があるだろう!?　歩いたら1日はかかる距離なはずだ！」

「歩かずに走ってきたので」

「……走ってきた？　……あの距離を？」

「そうですね」

多少は驚かれることを想定していたが、ここまでとは……。

「……まぁ悪い人じゃなさそうだし大丈夫か。村長は村の奥の家にいるから多分迷わずに行けるはずだ」

「ありがとうございます」

頭を下げて、村長の家に向かった。

辿り着いてから、村長に軽く挨拶をすると、かなり不安そうにしていた。

「お主、まだ新人冒険者ではないか！　……本当に大丈夫かのぅ？」

「ジャイアントスライム程度なら大丈夫ですよ」

《英知》でジャイアントスライムを調べたところ、あまり脅威に感じる部分はなかった。

「威勢だけは良いみたいじゃが……まぁ良い。命を最優先にして頑張ってきてくれるかの？」

「はい、もちろんです」

どうやら村長は俺のことを心配してくれていたようだ。

優しい人だ。

村長の人柄が良いからか、村の住人もみんな笑顔で暮らしている。

その光景を見て、俺は家族のことを少し思い出した。

「学園に入る前に顔ぐらい見せに行ってやらないとな」

そんなことを呟き、ジャイアントスライムのいる平原に向かった。


平原には、ぽよん、ぽよん、と動くジャイアントスライムが何体もいた。

平原が大きな青い物体で埋められているのは面白い光景だ。

これ5体で済まないな。

数えてみると15体ぐらいいるようだった。

ジャイアントスライムは人に敵意を向けることは滅多になく、警戒心も低い。

しかし意図せずにヘリミア村に襲いかかることが危惧されているみたいだ。

この平原では、今回のようにジャイアントスライムが何体も発生することがたまにあるらしく、定期的に討伐依頼をしているようだ。

依頼内容は5体だが、全部倒しておいた方がいいだろうな。

「5体も15体も大して変わらないし、何も問題ないな」

ジャイアントスライムの弱点は身体の中心にある核だ。

それを攻撃すれば、簡単に倒すことが出来る。

だが、ジャイアントスライムの粘液は酸性のため、普通は攻撃をするだけでダメージを負うことになる。

さらに魔法耐性も優れているため、攻撃手段は物理攻撃に限られる。

……割と強力な魔法を放てば倒せるだろうけど。

「まぁ要は核を攻撃すればいいってだけだ。それなら攻略は簡単だ」

俺は剣を持ち、ジャイアントスライムの核に狙いを定める。

そして、剣を思いっきり投げる。

投擲《とうてき》された剣が核に突き刺さると、ジャイアントスライムは核を残してどろりと溶けてしまった。

適当に思いついた攻略法だが、物を投げて倒すってのが正解なのかもしれない。

核となる魔石を回収し《アイテムボックス》に入れる。

この魔石を見せることで、ジャイアントスライム討伐の証明になる。

ついでに残った粘液を触ってみると、人体に害はなさそうだったのでこちらも《アイテムボックス》に入れておいた。

その後は、同じ作業の繰り返し。

15体目を倒し終えた頃、ふいにメッセージが聞こえてきた。

[スキル《投擲》を取得しました]

……なんか意図せずにスキルを取得していた。

そして討伐完了の報告をするために村長宅へ戻った。

「随分と早いのぅ。流石にジャイアントスライム相手は厳しかったか？」

「いえ、もう討伐してきました」

「なぬぅ!?　討伐したじゃと!?　まだ10分も経《た》っとらんぞ!?」

「まぁ弱点がある敵なので、比較的倒しやすかったと思います。えーと、これが討伐証明部位の魔石になります」

15個の魔石を《アイテムボックス》から取り出す。

「お主、どっから取り出したのじゃ!? それに魔石の数も5個では済まんぞ!?」

「ジャイアントスライムが15体いたので、全て討伐しておきました」

「なぬ!? この短時間で15体倒したというのか!?」

「そうですね。ジャイアントスライムは核を攻撃すれば簡単に倒せるので」

「……ふむふむ。嘘をついてるようにも見えん。しかし、ちと現実離れした内容なのもまた事実じゃ。村の者にジャイアントスライムがいないか確認してきてもらっても良いかの?」

「どうぞ。あ、もしジャイアントスライムがいたら、ついでにそいつらも倒しておきますよ」

「太っ腹じゃのぉ……」

その後、村長は青年を一人呼び、草原に向かわせた。

10分ほどして青年は帰ってきた。

「ジャイアントスライム、どこにも見つかりませんでした!」

「確認ありがとう。……これでお主の報告は全て正しいことが判明したのぅ」

「ジャイアントスライムがいなくなって何よりです」

「そこまでこの村のためにジャイアントスライムを気にかけてくれるとは、お主は優しいのぉ。ほれ、これが報酬じゃ」

村長に渡されたのは金貨1枚。

依頼はジャイアントスライム5体で銀貨30枚だったので、どう考えてもこの報酬は多すぎる。

「あの、これ金貨ですけど……？」

「5体でなく15体倒してくれたからのぉ」

「それなら銀貨90枚では？」

「差額の銀貨10枚はワシの感謝の気持ちと疑った詫びじゃ」

ここで断るのも悪いか。

それにせっかくくれると言うのだ。

ありがたく貰っておこう。

「ありがとうございます！」

「うむ。お主が冒険者として大成することを願っておるよ」

シワシワの笑顔で村長はそう言うのだった。

……ヘリミア村か。

いい村だな。

# 第三話　忍び寄る敵

「最近、またギルド『テンペスト』の評判が上がってきているらしい」

暗い部屋の中で蠟燭《ろうそく》の明かりだけが揺らめいている。

部屋の中には３人の人影が見えた。

一人は、年老いた男。

一人は、小柄だが言い知れぬ不気味さを纏う男。

一人は、容姿端麗で腰に短刀を携えた男。

「評判を地の底まで落としたというのにどうしてまた？」

年老いた男は容姿通りの低い声をしていた。

「フレイパーラ新人大会で『テンペスト』に所属しているギルドメンバーが優勝、準優勝を飾ったことがきっかけだろうな。決勝の内容が非常に良かったこともあり、今注目度はかなり高いはずだ」

容姿端麗の男は言う。

「へぇ、お前にしては随分と高評価じゃないか」

小柄な男は興味深そうに尋ねた。

「それだけの逸材だったということだ。ギルド『テンペスト』には勿体ないぐらいのな」

「じゃあそいつらを殺しちまえば評判はガタ落ちだなぁ」

小柄な男は口角を吊り上げ、不敵な笑みを浮かべる。

「止めておけ。新人とは言え、かなりの実力者だ。俺たちとしても不用意な消耗は避けたい」

「大丈夫だって。無防備なところを襲いかかれば楽勝よ。暗殺は俺の得意分野だぜ？」

「ダメだ。最近、一人殺したばかりだろう。短期間で何度も行うと足が付きやすくなる」

「……あぁ、そうだったな。仕方ない、そいつらを殺すのはもう少し後にしてやろう」

「ならばどうすると言うのだ？　『テンペスト』の評判を落とす策はないのか？」

年老いた男は辛抱ならない様子だった。

彼の瞳の中には『テンペスト』に対する憎悪がちりちりと燃えている。

「もちろんある。今回の問題の根本にあるのは『テンペスト』に入った新人冒険者の存在だ。これは後々始末すればいい。だが、爺《じい》さんの様子だと『テンペスト』が人気になっているってだけで許せないみたいだからな。だったらその人気を加速させている奴を見つけ出せば良い」

「ほほう」

「現ギルドマスターの手腕でギルドがここまで持ち直すとは思えねぇ。誰かが代理としてギルドを仕切っているとしか考えられない。まずはそいつを捕まえちまえば良い」

「捕まえてどうするのだ？」

「少し教えてやるのさ。『テンペスト』に協力するとどうなるかってことをな。そのあとは解放してやればいい。それだけで奴らは再起不能だ」

「……フッフッフ。良い。実に良い。これでまた『テンペスト』は悲惨な状況に陥るだろう」

フッと蠟燭の火が消えると、３人の人影は闇に消えていった。

＊＊＊

５つのＣランククエストを終わらせたことで、やっとＢランククエストを引き受けることが出来るようになった。

しかし、今はＢランククエストが一つも依頼されていないので結局何も出来ない。

個人的な依頼が舞い込んでくる以外は冒険者ギルド連盟に依頼されたクエストが回ってくる。

ギルドの実績に見合ったクエストが回されるので仕方ないことではある。

この待ち時間は鍛錬をして過ごそう。

ちょうどスキルを取得する予定もあることだし。

「やっほー、リヴェル」

「リヴェルさん、こんにちは」

これから闘技場に向かおうかと思っていたら、ラルとフィーアに声をかけられた。

「その組み合わせは少し珍しいな」

「そんなことないでしょ。歳の近い女の子が仲良くなるのは自然な流れじゃない」

「それにお昼の時間ですから、一緒にご飯を食べようという話になったのです」

そういえば、もうそんな時間か。

『あるじ、おなかすいた』

頭の上に乗っているキュウが腹を空かせて目を覚ましたらしい。

「リヴェルも一緒に食べようよ」

「そうだな。お邪魔させてもらってもいいか？　キュウもお腹が空いてるみたいだ」

「キュ、キュウちゃんもですか!?　私、アーモンド取ってきますね！」

「……どうしたんだフィーアは？」

「あの子、キュウのこと可愛い可愛い言ってるからお世話してあげたくなるんじゃない？」

「なるほど」

『フィーア、いいひとっ！』

キュウは念話で俺に自慢げに伝えてきた。

こいつ、本当にチョロい。

フィーアがアーモンドを取ってきてくれたおかげでキュウはご満悦。

そのまま雑談を交えながら昼食をとっていると、割って入るように声がかかった。

「お食事中のところ申し訳ありません。もしかして、リヴェルさんでしょうか？」

金髪がよく似合う整った顔をした男性がにこやかに話しかけてくる。

俺よりも年上で背丈も高い。

「はい、そうですよ」

「おお、やっぱり！　実は僕も冒険者をしているのですが、今後冒険者として活躍していくであろうリヴェルさんとお話ししたかったんです！」

「あー、なるほど。それで最近ウチでよく食事をしていたわけですね」

ラルが納得した様子で言う。

「恥ずかしながらそうですね。しかし、食事自体も美味しくて通わせてもらっていました」

「気に入ってもらえたなら何よりです。ウチのギルドはまだまだ評判が低いですから」

「全然そんなことないですよ！　最近、よく『テンペスト』の名は耳にします！」

「そう言ってもらえると嬉しいです」

この男は、よく『テンペスト』を訪れていたようだ。

それも俺と話をするために。

最近はクエストをこなすことばかりに時間を使っていたから、あまりギルドにいなかったからな。

悪いことをしてしまったかもしれない。

「失礼ですが、名前とギルドをお聞きしてもよろしいですか？」

「もちろんです。僕の名前はノア。所属するギルドは『ナイトメア』というところですね。昔からあるんですけど、中々有名になれない、そんなギルドです」

「あ、ギルド名は知ってます。でも申し訳ないですが、どんなギルドかはあまり分かりませんね」

「アハハ、いいですよ。お気になさらず。……おっと、もうこんな時間か。今日はこれにて失礼しますね。皆さんに挨拶出来て良かったです」

そう言って、男は去って行った。

「……ふぅ。やっと行きましたか」

フィーアがため息を漏らした。

「フィーア、その態度絶対に人前で見せちゃダメだからね」

「も、もちろんですよ……！　実は私、こう見えても人見知りするタイプなのであゝいった感じの人は苦手だったりします」

「それぐらい分かってるわよ。ね？　リヴェル？」

「ああ。イメージ通りって感じだし、特に驚くことでもないな」

「え、えぇ……ひどいですよぉ……」

目に涙を浮かべて悲しむフィーア。

今回は自業自得かもしれない。

……それにしてもノアという男。

見かけの印象は良かったものの、会話の最中、何度も魔力の波が揺れ動いていた。

《真偽判定》取得のために人と話すときは《念話》を応用した魔力の波を感じ取る作業をしているのだが、今回それが功を奏した。

○スキル《真偽判定》
指定した相手が嘘をつくと分かる。相手が嘘をつかずに真実を隠していたら分からない。

また、指定した相手が真実だと認識しているときは嘘とはならない。
○取得条件
《念話》を取得している。

指定した相手が嘘をついたときの魔力の波の揺らぎを感じ取り、表情の変化や反応を理解する。


何か秘密を隠しているか、それとも思惑があるのか。

実態は分からないが、良からぬ予感がする。

［スキル《真偽判定》を取得しました］

……このタイミングで取得したか。

だとすれば、この予感は的中している可能性が高い。

ランクを上げることやスキルを取得することよりも襲いかかる脅威を防ぐことの方が先決。

だが、これは確定しているわけではないのでラルとフィーアには話せない。

具体的な証拠がなければ、信憑性《しんぴょうせい》に欠けるし、不安を煽《あお》るだけだ。

俺の方で何か対策を打っておくことにしよう。
そのためにもまずは情報を集めることが最優先だ。
昼食後は街に出かけるとしよう。

＊＊＊

『ナイトメア』について《英知》で調べてみた。
結果は、至って平凡な冒険者ギルドだということだった。
設立はそこそこ古く、実績に大きなものはないが堅実に結果を出している。
だからこそ、俺は一層警戒心を強めることにした。
《英知》で調べることの出来る情報は秘匿されていないもののみ。
言うなれば表側しか見ることが出来ないのだ。
その実態は分からない。
……あのノアという男が出した、魔力の波レベルでしかない僅かな違和感。
それがどうしても気がかりだった。
「杞憂だったらいいんだけど、一応な」
そんなことを呟きながら俺はある場所へ向かった。
俺がやってきたのは街の外壁近くに建てられた要塞だった。

大きな建物で、外部の敵による攻撃に対処するための防衛施設だ。

門の前には鉄の鎧《よろい》に身を包んだ騎士二人がいる。

ここは、フレイパーラの秩序を守る騎士団によって管理されている。

「何か御用ですか？」

門に近づいた俺に騎士がそう声をかけてきた。

「ここは一般人立ち入り禁止だ。用がないならとっとと帰んな」

もう一人の騎士は、面倒そうな顔で追い払うように手を振った。

「地下牢獄に収容されているはずのある囚人と話がしたい」

「……ハァ、たまにいるんだよなぁ、そういう奴。坊主、確かにここの地下では犯罪者共を収容しているけどよ、そいつらと面会するにはそれ相応の実力と地位が必要なんだ。Cランクの冒険者にでもなってから出直してくるんだな」

冒険者はランクの上昇によって権限が大きくなっていく。

ここに収容されている囚人と面会するには最低でもCランク以上が必要となってくるわけだが、Bランクの俺はその条件を既に満たしている。

「承知していますよ」

俺はランクの証明にもなるギルドカードを取り出して、二人に確認のため渡す。

「……これは失礼いたしました。今、門を開けますね」

礼儀正しい方の騎士がお辞儀をして、門を開け始めた。

「……まさかBランクの冒険者だったとは」

「意外でしたか？」

「その歳でBランクなんて思わねーよ普通。……失礼な態度とってすんません」

ばつが悪そうにもう一人の騎士は謝った。

「大丈夫です。気にしていませんから」

俺はそう言って、要塞の中に入って行った。

＊＊＊

暗くじめじめとした階段を進み地下に行くと、囚人と面会するための部屋に案内された。

俺はここに収容されている囚人を《英知》で調査済みだ。

その中で良さそうな人物を面会相手に選んだ。

騎士によって面会室に連れて来られたのは、口元が大きく裂けた男だった。

この男はBランク犯罪者〝大喰《おおぐ》らい〟のジョニー。

こうして捕まるまでは暗殺者を生業《なりわい》としており、確認されているだけでも12人もの人を殺《あや》めている。

仮に『ナイトメア』に裏の姿があるとすれば、それを聞き出せるのは裏の人間だ。

Bランクに指定されるほどの犯罪者であれば、表には絶対に出ない裏の世界の情報を知っていてもおかしくはない。

騎士はジョニーを連れて来たあと、退室した。

それは俺がBランクの権限を使い、騎士の立ち会いを拒否したからだ。

そうした方が囚人が情報を話しやすくなるだろう、と思ってのことだ。

「面会相手はただのガキか……いや、面識のないガキと俺が面会していることが異常だと思うべきか」

「初めまして、よく喋ってくれそうな人でホッとしました」

「まあな。俺も地下牢獄での暮らしは退屈なんだ。ガキよりも綺麗な姉ちゃんと話がしたいところだが贅沢《ぜいたく》は言わねぇ」

「そうですか、面会時間はあまり多くないので本題に触れされてもらいますね。ジョニーさんは『ナイトメア』という冒険者ギルドを御存知ですか？」

「悪いが知らねえな」

……嘘か。

こういう情報が欲しい際は《真偽判定》が大きく役立ってくれるな、と実感する。

そして、この時点で悪い予感はほぼ的中していたも同然だ。

「ではノアという人物に心当たりは？」

「誰だ？　そいつは」

嘘は言っていないようだ。

「なるほど、分かりました。では『ナイトメア』について知っていることを教えてください」

「あ？　知らねえって言ってんだろうが」

「ノアという人物は知らないが『ナイトメア』については心当たりがある、違いますか？」

「……お前何者だ？　その歳で犯罪者を相手にどうしてそこまで堂々として、強気で、自信満々な態度を取っていられるんだ？」

「さあ……精神的苦痛にはかなり慣れているからかもしれません」

魔力枯渇状態を1日に10回も経験し、かなり精神面が鍛えられているのかもしれない。

そんなことを少し思った。

「……俺の口から全てを語ることは出来ない。だが『ナイトメア』には手を出さない方が身のためだ」

「手出しはしませんが、どうやら狙われているみたいなので対処しなきゃいけない事態に陥ってます」

「……くっくっく……そいつは傑作だな。じゃあお前に少しだけ情報をくれてやろう。『ナイトメア』にはAランクの犯罪者が一人、Sランクの犯罪者が一人、身を潜めている」

「それはかなり脅威ですね」

「そのランクは俺が独自でつけたものだ。公にはなっていない」

「……なるほど」

厄介な相手だな。

「後のことは裏世界の情報屋から聞くことだ」

「情報屋？」

「……ハァ？　まさか、お前そんなことも知らねーで俺のところにやってきたっていうのか？」

「はい」

「……なんだその発想力は。頭おかしいんじゃねーのかお前」

「たまにそう言われます」

「だよな。とりあえずは情報屋を探すことから始めるんだな」

「そうしようと思います」

ジョニーが言っていることは全て本当のことだった。

最初しか嘘はついていないのである程度信用出来そうだ。

「しかしまぁお前は不思議な奴だな。知らず知らずのうちに人の内側に入り込んで来やがる。ったく、そのせいでつい色々と教えちまった」

「ありがとうございます。おかげで物凄く助かりました」

「バーカ、犯罪者に感謝してんじゃねーよ」

面会は終了となり、俺は要塞を後にした。

色々と情報を聞き出せて良かった。

これ以上の情報を得るにはその道のプロに尋ねるしかない。

情報屋を見つけるべく俺はフレイパーラの街を探索することにした。

＊＊＊

フレイパーラの南側にある路地裏。

バラック小屋が建ち並ぶ薄暗い道を進み、廃墟のような外観の店の前に俺はやってきた。

店名の書かれていない看板を見ると、本当にここで商売が行われているのか不安になる。

しかし、情報屋という裏の仕事をするのであれば一番適しているのかもしれない。

この店を見つけるまでの経緯は主に聞き込みだ。

フレイパーラも治安が良いわけではない。

路地裏をうろついていれば、お世辞にも善良とは言えない輩《やから》が絡んでくる。

彼らから得た情報をもとに《英知》を駆使して、この店に辿り着いた。

ここが本当に情報屋なのか？　と不安を覚えながら、店の扉を開いた。

かすかに、店の奥から会話が聞こえてくる。

内容はよく聞こえないが、二人以上の人間がいるようだ。

店の中は薄暗いが、棚に商品と思われる雑貨品が陳列されていた。

それを一瞥し、俺は店の奥へと歩いていく。

「悪いが、その依頼は情報が抽象的すぎる。情報屋を頼っても無駄だよ」

「そこを何とか出来ないか？　金ならいくらでも支払う」

年季の入った椅子に腰掛けるのは女性だろう。

帽子を深く被っているため顔が見えないが、声の高さと体付きからして男性ではないはずだ。

その女性に必死に頼み込む銀髪の男性。

男性は腰に剣を携えており、何処となく佇まいが父さんと似ているような気がした。

「話にならないね。帰りな、客が来た」

女性は帽子を片手で上げ、俺を目視した。

「ほほう、珍しい。若い客だな。それとも客ではなく迷い込んだのかな？」

「いえ、情報が欲しくてここに来ました」

「なるほど、では改めて君を一人の客として対応させてもらうとしよう。邪魔者は帰った帰った」

どうやらこの女性が情報屋みたいだ。

そうなると、この銀髪の男性は客だったのか。

先ほどの話を聞くに、彼の要求する情報は女性の手に負えないものだったので既に客として対応してもらえていない、ということか？

女性に帰れ、と言われているが男性が動く気配はない。

俺を見てから、立ち止まったままだった。

「その剣……そしてその顔つき……も、もしかして……君は……剣聖アデンの息子かい？」

あれ？

これ、ロイドさんのときと同じ展開では？

「そうですけど……」

「おお！　やっぱりそうだったか！」

銀髪の男性はめちゃくちゃ喜んでいる様子。

この人、絶対父さんの知り合いだ。

間違いない。

「良かったじゃないか。その人の依頼は君に関する情報だったからね。本人が見つかって何よりだよ。……まぁそれはそれとして、君が求める情報は何？」

なるほど、俺を探していたのか。

だとすれば先ほどの反応も納得だが、情報屋の彼女は無視をして次の客である俺に言葉を向けている。

俺としても話がすぐに進んでくれるのはありがたい。

「ギルド『ナイトメア』に関する情報を出来るだけ詳しく知りたい」

「へぇ、まさかナイトメアという単語が出るとはね。やるじゃないか」

「その様子だと知っているみたいですね」

「当たり前だろう。私を誰だと思っている？　この街のことなら大抵のことは知っている。それがどんなことであろうとね。さて、自己紹介が遅れた。私の名前はメア。よろしく頼むよ」

「俺の名前はリヴェルです。よろしくお願いします」

「それで、リヴェルはナイトメアに関してどこまで知っている？　まずはそこからだ」

俺はメアさんに知っている情報を話した。

ナイトメアは表向きは普通のギルドであること。

実力の高い犯罪者が二人以上所属しており、裏で何をやっているのか分からないこと。

そして、ナイトメアに俺の所属するギルド『テンペスト』が狙われている可能性があること。

「なるほど、狙われている可能性を危惧してその対応策を練ろうと情報屋を訪れたわけか」

「はい」

「分かった。じゃあ、お前に教える情報は多くない。一つは本当に狙われているのかどうか。狙われていた場合は、ナイトメアの作戦を教えてやる」

「……そんな情報を知ることが出来るんですか？」

「ああ、可能だ。不満か？」

「いえ、その情報を頂ければかなり助かります」

「よし、ではその方向で進めよう。報酬は金貨1000枚だ」

「1000枚!?」

「払えないか？　ならこの話はなかったことにしてもらおう」

手持ちの金貨は30枚ほど。

残り970枚か。

稼ぐには少し時間がかかりそうだ。

「少し時間がかかってしまいますが、払えると思います」

「そうか。じゃあ用意出来たらまたここを訪れてくれ」

あくまで先払いということか。

だが、金を稼いでいる余裕なんて今はない。

困ったな……。

「金貨1000枚、僕が払うよ」

そう言ってきたのは、銀髪の男性だった。

「え、いいんですか？」

「ああ、もちろん。アデンさんの息子さんだからね。それに僕はもともと君を探すためにかなりの額を使うつもりでいた。金貨1000枚で済んだと思えば安いものさ」

「ありがとうございます。助かります」

「ただ、一つ僕のお願いを聞いてくれるかな？」

「お安い御用です」

「そうか。じゃあ僕と……いや、ちゃんと名乗った方がいいね。――剣聖レクスと手合わせしてもらえるかな？」

「剣聖……って、マジですか……？」

「ああ。勝ち負けは関係ない。手合わせしてくれるだけで金貨1000枚を払おうじゃないか」

金貨1000枚を払ってもらうという提案は確かに魅力的だ。

しかし、この情報に金貨1000枚の価値があるのか。

《真偽判定》によると、メアさんは嘘を言っていないが、それでも俺を騙すことは可能だ。

これは嘘を見抜くだけのスキルで、それを本人が嘘だと思っていない場合は効果がない。

仮に初めて利用する者には情報の対価には高すぎる値段を要求する、という決まり事があるとするならば《真偽判定》では見破れない。

……確認しておくか。

「レクスさんの申し出は嬉しいのですが、俺にはメアさんが提供してくれる情報が金貨1000枚の価値があるとは思えませんね」

「ほう……」

「そうかい。じゃあこの話はなしだ。それでお前は私の情報なしで『ナイトメア』に対抗出来ればの話だがな」

見放すようで見放していない。

メアさんの脅すような発言から俺はそんな意図を感じた。

相手も商売をやっている立場。

客や依頼を選びはするだろうが、ある程度慎重に行うはずだ。

探りを入れようとしているのは間違いない。

「はい。メアさんの情報があればかなり楽になりそうだと思ったのですが、どうやら自力で何とかするしかないですね」

「自力で何とか出来る相手か？　『ナイトメア』の恐ろしさをお前は知らないだけだ。私からの忠告だが、そこの剣聖の申し出を受けておいた方が身のためだぞ」

「金貨１０００枚を払わせるなんて、そんな大きな借りは作りたくないですよ。それに情報屋を今後も利用していくことを考慮するならば１０００枚は高すぎます」

「無茶苦茶だな。我儘《わがまま》を言っているだけの子供だ。１０００枚は『ナイトメア』に関する情報だからこその値段で不当なものではない」

「ええ。そうかもしれません。でも俺は情報の相場を知らないし、それだけの価値があるように感じられない」

「そうか。バカな奴だ。自分の実力を過信しすぎているんじゃないか？」

「では俺がそう感じるだけの証拠をお見せしましょうか？」

「証拠だと？」

「剣聖レクスさんとの手合わせで俺が勝てば、金貨１００枚で『ナイトメア』の仕事を引き受けてください」

「ハッハッハ、物怖《ものお》じしない姿勢は完全にアデンさん似だね。手合わせするのが非常に楽しみになったよ」

「剣聖に勝つ、か。それがどれだけ難しいことか分かって言っているのか？」

「はい」

「じゃあ負けたときはどうする？」

「そのときは俺が無礼を詫びてメアさんに金貨１００枚支払いましょう」

「……フッフッフ、面白い。分かった。その提案に乗ってやろう。剣聖に勝ったとしても八百長のような勝ち方では納得しない。それ相応の実力を見せろ」

「分かりました。ありがとうございます」

正直、今の俺で剣聖相手に勝つ見込みは薄い。

それでもこの条件で手合わせをすることは大事だと俺は考える。

負けたときのこともある程度想定しているが、勝つことが一番楽な道なのは間違いない。

＊＊＊

剣聖レクスさんとの手合わせのため、闘技場を訪れた。

ルールは大会のときと同様。

上部に表示されているＨＰバーがゼロになった方の負けだ。

「じゃあ早速始めよう。リヴェルは僕に負けたら大変なことになりそうだけど、手加減は出来ないぜ」

「はい。そうでなきゃ俺も困ります」

「言ってくれるぜ。しかし、先攻は譲ってやるさ。かかってきな」

レクスさんは手招きした。

俺は走って距離を詰め、斬りかかる。

剣撃は当たり前のように防がれる。

余裕の表情。

剣聖ともなると、歴戦の猛者《もさ》なのは間違いない。

その経験から俺に負けるはずがないという自信が現れているようだった。

だが生憎と俺も負けるわけにはいかない。

俺が攻めて、レクスさんがそれを防ぐ。

剣を打ち合って分かる。

レクスさんの剣術がどれだけ俺の上を行っているか。

圧倒的な差が感じられる。

「こんなものかい？」

「さぁ、どうでしょう」

まぁそれでも負ける気はしていない。

剣士としてなら俺は相手にならないだろう。

しかし、俺はもとから剣士としての才能になんて恵まれちゃいない。

レクスさんの背後から風の刃が襲いかかる。

無詠唱で発動した風魔法だ。

自分からではなく、魔力を分散させ、特定の地点から繰り出したもの。

完全な不意をついたが、レクスさんは襲いかかる攻撃の気配を感じ取り、一瞬で俺の剣撃と風の刃を防いだ。

なんという身のこなし。

「……やるね。リヴェルは剣術よりも魔法の方が得意そうだな」

レクスさんの余裕の表情が少し崩れた。

今の攻撃は肝を冷やしたのだろう。

「そりゃどうも」

「よし、反撃開始だ」

攻撃を防いでばかりだったレクスさんは急に攻撃を始めた。

繰り出してきたのは、無数の突き。

剣で防ぐだけでなく、身体も使ってなんとか耐える。

少ない動作で行われる突き攻撃は隙がない。

「まだまだこれからだ！」

そして次は斬撃と、魔力を用いない純粋な攻撃が続く。

スキルも何も使っていない。

ただ己の技量だけでこんなにも強いなんてな。

実力も底が見えない。

父さんと似たようなものを感じる。

手加減は出来ないと言いつつも本気を出していないのは、俺が本気を出すに値しない相手だからだろう。

……つまり、全力を出される前に仕留める必要がある。

俺の最強の攻撃は《剛ノ剣・改》だ。

隙をつく際にこの一撃を叩き込む。

隙をつくには……今の手札じゃ足りない。

――あのスキルを取得する必要がありそうだ。

多くのスキルは特定の条件や動作を繰り返すことで取得出来るというものが多いが、《剛ノ剣》や《空歩》のように、自らの持つ技術を応用することで取得出来るスキルも存在する。

俺が今回取得するのは、その後者で《空歩》の派生となるスキル。

その名も《縮地》だ。

○スキル《縮地》
目にもとまらぬ速さでの移動を可能とする技術。
○取得方法
足の裏に巡らせた魔力を瞬間的に増幅し、破裂させることで推進力とし、移動する。

《空歩》の取得は15分ほどで出来た。

その応用となる《縮地》をこの場面で使う。

それもぶっつけ本番でな。

自分でも馬鹿げている発想だと思うが、そうでもしなきゃレクスさんを倒せない。

レクスさんは間違いなく対応してくるだろうが、今までのスピードよりも一気に速くすることで僅かに反応に遅れが生じるはずだ。

その遅れの度合いが大きければ大きいほど《剛ノ剣・改》が効く。

「どうした？　考え事をしている暇なんてないぜ！」

「くっ……」

俺の思惑を見透かしているように、レクスさんは攻撃の手を緩めない。

「動きが少し鈍くなってきたな、リヴェルの実力はこんなものか？」

レクスさんの言うように、俺の動きは少し鈍くなってきていた。

その原因は分かる。

剣聖を相手にするプレッシャーで身体が強張《こわば》ってきているのだ。

剣を交えるうちに実力の差を実感したからこそ起きる現象。

強張る身体では、最大限のパフォーマンスを発揮出来ない。

……そういえば、マンティコアのときも同じような状況だったが、何故か緊張はしていなかった。

実力以上のものを発揮出来ていた。

何故だろう、と俺は理由を考えてみる。
……なるほど。
すぐに理由は分かった。
理由を考えたとき、アンナの笑顔が脳裏をよぎった。
次に浮かんできたのはギルドのみんなの笑顔。
ラル、クルト、フィーア、ロイドさん、そして新しく加入してきた仲間たち。
俺は自然と納得し、気付けばプレッシャーは感じなくなっていた。
「まだまだ！」
声を張り上げて、剣を大きく振るい、間合いをとった。
足の裏に魔力を巡らせ、それを瞬間的に増幅させる。
この技術は《剛ノ剣・改》で用いた魔力の波を増幅させるものと同じだ。
段階をちゃんと踏んでいけば《縮地》から《剛ノ剣・改》に綺麗に繋げることが出来そうだ。
まずは足の裏に巡らせた魔力を増幅させ、《縮地》を発動する。
そして次にそれを全身に切り替えることで《剛ノ剣・改》に移行する。
……いける。
俺にはそれが出来るはずだ。
やり方は分かった。
あとはその通りに動くだけ――。

＊＊＊

リヴェルは剣を大きく振り、後ろに下がった。

何か企《たくら》みがあるようだ。

リヴェルはアデンさんの息子だけあって剣の基礎がしっかりしている。

才能を貰う前からずっと継続して剣を振り続けてきていたことが分かる。

この歳でこれだけの実力があるならば、将来俺を超えるのは間違いない。

……ひょっとするとアデンさんをも超えてしまうぐらいリヴェルのポテンシャルは高い。

だからこそ、その企みを見てみたくなった。

リヴェルは俺に臆せずに全力で勝ちを狙いに来ている。

だが俺も負ける気はない。

リヴェルの全力を見た上で、それを斬る。

「いきますよ、レクスさん」

ご丁寧に攻撃を知らせてくれるらしい。

何も言わずに攻撃を仕掛けるのが最も勝率が高いだろうが、リヴェルはそれをしなかった。

俺が少し待っていたことをリヴェルは理解しているのだろう。

正々堂々と戦うところもアデンさんにそっくりだ。

やはり、アデンさんの強さをリヴェルはしっかりと受け継いでいるらしい。

「来い！　お前の全力を見せてみろ！」

そう言うと、リヴェルは驚くほどの速度でこちらに詰め寄ってきた。

今までとは比べものにならない速さだ。

これだけの力をまだ隠していたとは……！

だが、それだけで俺は倒せない。

スキル《見切り》を使い、リヴェルのスキルが《縮地》であることを見抜き、また次の狙いを把握する。

《剛ノ剣》だと!?

この短い時間にこれだけの高難度スキルを使用するつもりか！

面白い……！

その《剛ノ剣》に合わせて俺が後の先を仕掛ける。

俺のもとにやってきたリヴェルが見せた一撃。

剣を振るった瞬間に俺は気付いた。

これは《剛ノ剣》ではない――。

《剛ノ剣》よりも強力な一撃だ。

これでは刃を避け、斬り返すことなど不可能。

気付くのが少し……ほんの少し遅れてしまったばかりに俺は防ぐしか選択肢がなくなったわけだ。

見事だ――リヴェルは俺の予想を遥かに超えてきた。

＊＊＊

［スキル《縮地》を取得しました］
き、決まった……。
魔力の制御を強引にやったせいか鼻血が出ていた。
……でもレクスさんのＨＰはゼロになっていた。
「リヴェル、君の勝ちだ」
レクスさんはそう言って、満足そうに笑った。
勝った。
でも実力の差はかなり開いていることが分かった。
だからだろうか。
勝ったけど、悔しい。
俺はまだまだ強くなる。
いや、強くならなければいけない。
レクスさんとの戦いの経験は俺に足りない多くのことを気付かせてくれた。
『ナイトメア』の情報よりも貴重なものを貰った気がする。

「ありがとうございました！」

俺は頭を下げてお辞儀をした。


レクスさんとの手合わせを終えると、メアさんがこちらに近づいてきた。

「なるほど、確かに実力は本物のようだ。『ナイトメア』の情報を金貨１００枚で引き受けよう」

メアさんは表情を変えずに、そう言った。

「その金貨１００枚だが、俺から支払わせてもらおう。もともと１０００枚でも支払おうと思っていたわけだからな。金貨１００枚ぐらい容易《たやす》いさ」

「メアさん……レクスさん……ありがとうございます」

この金貨１００枚は近いうちに必ずレクスさんに返そうと思った。

言葉にすると、レクスさんの好意を無下にしてしまいそうに思えたから心の中に留めておく。

「気にすることはない。私はただ約束を果たすだけだ。礼を言うならそこの敗者にだけでいい」

「ぐぬぬっ」

敗者という呼び名にレクスさんは顔をしかめた。

メアさんは翌日またここに来てくれ、と言って今日は終了になった。

レクスさんには俺がギルド『テンペスト』に所属していることを伝えた。

レクスさんはテンペストを知らないようだった。

ロイドさんは父さんとは面識があるようだけど、レクスさんとはないみたいだ。

……それにしても父さんは色々な人から絶大な信頼を寄せられていることが分かる。

父さんは剣聖としての実力だけでなく、人望も凄《すさ》まじく厚い。

この人望の厚さが【剣士】である父さんが剣聖まで登り詰めた理由の一つだろう。

俺が世界最強になるには、父さんを超えるだけの力を身につけなければいけない。

それは実力だけでなく、多くの人から好かれるように人格を磨くことも必要なのではないか、と少し思った。

＊＊＊

数日後の深夜、俺は『テンペスト』にいた。

『ナイトメア』の計画が今日実行されるということを知ったからだ。

メアさんに教えてもらった情報によると、奴らの狙いは、ギルドで寝泊まりしているラルだ。

おそらく魔導具を用いて侵入してくるだろうとのことだった。

魔導具についてはすぐに目星がついた。

ノアという男が座っていた机の裏を見ると、ちゃんと仕掛けが施されていたからだ。

机の裏に貼り付けられた札。

それも普通の人には見えない透明な札だ。

認知するには札が僅かに発している魔力を感じ取らなければいけない。

この札には転移魔法が施されており、かなり上質な魔導具だと分かる。

ノアが『テンペスト』を訪れていたのは、ターゲットを定めることと、この札を貼ることが目的だったのだろう。

俺は気付いたが、あえて札を剝がすことをしなかった。

札を剝がせば、また日をずらして攻撃を仕掛けてくる。

何の解決にもならない。

だから今日決着をつけることを俺は選んだのだ。

「いよいよだな」

暗がりで話しかけるのは、レクスさんだ。

協力を頼むと、レクスさんは快く引き受けてくれた。

こんな夜遅い時間に付き合わせてしまって申し訳ないが、レクスさんの協力は何よりも心強い。

「はい」

「リヴェルは不安になったりしないか？」

「不安ですよ。でも、不安を恐れては何も出来ませんから」

「確かに、その通りだな」

そのとき、札が唐突に青白く光り出した。

強い光が発せられ、暗闇を明るく照らす。

魔導具が発動したのは明白だった。

光が消えると、現れたのは二人の男。

一人はノアと名乗った男で、もう一人はノアよりも小柄で俺と背丈があまり変わらない男だ。

「――おかしいな、まさかまだ人が残っていたとは」

「あちゃー。じゃあ仕方ないなぁ。不本意だが殺すしかないようだぁ」

口角を吊り上げて小柄な男はそう言った。

「待て」

ノアがそう言うも小柄な男は聞かずに、ナイフを構えて俺目掛けて突っ込んできた。

素早い動きだが、見えないわけではない。

速さだけで言うなら今までで一番速いが、それだけだ。

単調な動きで、レクスさんに比べれば実力の差は歴然だ。

小柄な男は真正面から攻撃をしてくるのではなく、俺の目の前で加速し、背後に回った。

「まぁそうだよな」

「――は？」

突き出してきたナイフを避《よ》けて男の頭を掴み、地面に叩きつけた。

男は意識を失い、ギルドの床にぐったりと倒れ込んだ。

「まったく、人の話を聞かない癖はいつまでも直らないな」

ノアはため息を吐《つ》いた。

「久しぶりですね、ノアさん」

「ああ、久しぶり。まさかこんな形で再会することになるとは思わなかったよ」

「ええ。初対面のときに違和感を覚えたので、色々と対策を取らせてもらいました」

「なるほど、じゃあ君は俺の想像以上の奴だったってことだ。『ナイトメア』の名前を出したところで辿り着けるわけがないと思っていたが……素晴らしいな。それに隣にいる男もかなり強そうだ。俺に出来ることはもう逃げることぐらいだよ」

「この男みたいに襲ってきたりも出来ますよ」

「俺はそいつよりも状況をちゃんと見ている。勝てるわけがない。見逃してくれないか？」

「良いですよ」

俺がそう言うと、横にいたレクスさんは驚いた顔をしたが、何も言及はしなかった。

「……マジか。どうやら本気で言っているみたいだし、君のお人好《ひとよ》しに感謝して俺はとっとと逃げるとするかな」

「この人は良いんですか？」

「ああ。バカの面倒見るのは疲れたからな。そこまでの仲でもないし、適当に処理しておいてくれると助かる」

「分かりました。では見逃す代わりに一つだけ伝言を頼まれてくれますか？」

「お安い御用だ」

「今回の件を企てた人に『次は容赦しない』と伝えておいてください」

「分かった。それじゃあな」

ノアはそう言うと、魔導具を使用して去って行った。

「何とも呆気ない終わり方だったな」

「そうですね」

「見逃す選択には驚いたが、アデンさんもそうしたような気がするな。……で、コイツはどうするよ」

「とりあえず、この男の身柄は騎士団に渡そうと思います」

「犯罪者だろうし、そうしておけばお前の実績にもなるからな。まぁともかく無事に終わって何よりだ」

「はい。今日は本当にありがとうございました」

「よせよー。俺は何もしてないぜ」

「いてくれるだけでかなり助かりました。レクスさんがいないと、見逃すという選択も出来なかったと思います」

「ハハハ、じゃあ役に立てたようで俺も良かった」

……そういうわけで、無事に『ナイトメア』からの攻撃を防ぐことが出来た。

翌日、俺は襲いかかってきた小柄な男の身柄を騎士団に渡した。

ジョニーは公になっていないと言っていたが、この男の犯行自体は調べられており、取り調べの結果正式にAランク犯罪者として扱われることになったようだ。

結果、金貨150枚を賞金として貰い、そのうちの100枚をレクスさんに返した。

＊＊＊

『ナイトメア』の襲撃も防ぎ、レクスさんへの借金も返済が済んだことで、やっと一息つくことが出来た。

それにしても『ナイトメア』は何故『テンペスト』を襲おうとしたのだろうか。

……考えても分からないな。

情報屋のメアさんに聞けば分かる可能性は高そうだが、あまり大事なことでもない限り利用は避けた方が良さそうだ。

甘く見るつもりはないが、レクスさんが協力者として存在することをチラつかせておけば不用意にまた襲ってくることはないだろう。

準備万端にして再び襲いかかってくるようであれば話は別だが、ノアの性格を考えれば我が身を第一に考えているに違いない。

今のところ『ナイトメア』の脅威は去ったと見て問題ないはずだ。

さて、俺がみんなに隠しながら対策した『ナイトメア』の一件だが――。

結論から言おう。

バレた。

原因は『ナイトメア』が『テンペスト』を襲った深夜。

物音がして、不安に思ったラルがその現場を目撃したのだ。

俺は自分の過ちを後悔した。

ラルが起きたのは間違いなく、小柄な男を地面に叩きつけたときの音だ。

クソ……！　もっと静かに倒すべきだった……！

そして、この一件をラルが俺に確認すると、

「何一人で解決しているのよ！」

「不審に思うことがあったらみんなに報告すべきでしょ！」

「リヴェルだけで危険を抱え込もうとするなんておかしいわ！」

めちゃくちゃ叱られた。

「でも、危険だっていう確かな証拠もなかったし、みんなを不安にさせるのも嫌だったからさ」

「それぐらいみんな気にしないわよ！　仲間でしょ！」

「……そうだな。悪かった」

「ええ、今度から一人で抱え込むような真似しないでね」

「ああ」

「よろしい」

満足そうな笑顔でラルは言った。

……仲間、か。

確かに俺は一人で何とかしようとしすぎていたのかもしれない。

ラルに言われて初めて気がついた。

「それと……あの……ありがとう」

頬を少し赤らめながら、気恥ずかしそうにラルは言った。

「ラルもそんな顔するんだな」

「な、なに!? 私がこんな顔しちゃ悪い!? 色々言ったあとに感謝の言葉を告げるのって結構恥ずかしいんだからね!?」

「ぷっ、あはは。なんかいつもと違って余裕ないな」

「ひ、人が素直に感謝してるんだから茶化すな！」

「悪い悪い。俺の方こそありがとうな」

「へ？」

「ラルに怒られて色々と気付かされたよ」

「……そう、それなら良かったわ」


さて、ラルにバレたということはギルドのみんなにもこの一件が広まるということで……。

「リヴェルさん、お手柄ですね！」

夕食の席でフィーアが話しかけてきた。

今日の夕食はラルが手配し、いつもより豪勢なものになっていた。

「そうでもないさ。ラルに結構叱られたし」

「いえいえ、このお祝いムードのおかげで美味しいご飯が沢山食べられます」

「そっちかよ」

食べることが好きなフィーアは、豪勢な料理を前にして上機嫌のようだ。

でもフィーアは食べることが好きな割に身体が小さいんだよな。

量もそれなりに食ってるのに。

『あるじっ！　お手柄！』

キュウも念話でそう言ってきた。

今日のキュウのご飯は、アーモンドの他にフルーツの盛り合わせが追加されている。

『あもんど以外もうまい！』

『そりゃ良かった』

もしかすると、キュウは何でも美味いって言うんじゃないだろうか。

……そんな気がする。

「リヴェルさん、ご謙遜しなくて良いんですよ。Aランク犯罪者を捕まえるなんて素晴らしい功績ですよ！」

受付嬢をしているエレノアさんが言った。

「ありがとうございます。嬉しいです」

「この功績のおかげでリヴェルさんのAランク昇格もすぐな気がしますね」

そう言ったあとにエレノアさんはエールを飲んだ。

Aランクに昇格すれば、Sランクまであと一歩。

2年以内にSランクと言っていたが、もう少し早くなれるのかもしれない。

「流石だね、リヴェル」

ぽん、と俺の肩をクルトが叩いた。

「おおクルト、ありがとな。そういえば最近、姿が見えないけど何してるんだ?」

「魔法の勉強かな。リヴェルが教えてくれた古代魔法の知識について自分なりに理解を深めているところさ。フレイパーラはウェミニアよりも魔導書が多く出回っていて、次から次へと知的欲求を刺激されているよ」

「ハハハ、クルトらしいな」

その後も色々な人と会話をして、褒められた。

大会以降に入ってきた新人冒険者からは尊敬の念が向けられていることを感じた。

特にウィル。

……まぁ悪い気はしない。

楽しい食事が終わると、俺は自室で考え事をしていた。

レクスさんと手合わせをし、自分の実力不足を実感した。

だが、今のままでは鍛練の時間が足りない。

クエストをこなしながら、鍛練もしっかりと行うにはもっと時間を有効活用しなければいけない。

どうすれば鍛練の時間を増やせる……?

睡眠時間を削るしかないか？

しかし、睡眠は成長するうえで欠かせない役割を担っているみたいだし……。

「……あっ」

睡眠の質を上げれば、時間を削ることは可能なんじゃないだろうか。

これは我ながらナイスアイディアかもしれない。

俺は自分の考えを実現するために《英知》を利用しながら、独自の魔法を構築することにした。

＊＊＊

あれから1週間が経った。

小耳に挟んだことだが、ギルド『ナイトメア』が解散したらしい。

何があったのか疑問に思うところではあるが、今のところ『テンペスト』に襲いかかってくる兆候は見られない。

そこまで興味があるわけでもないので、少し警戒しつつもこれまで通りの日々を過ごせば良いと俺は判断した。

……そういえば、Bランクのクエストはまだ依頼されておらず、受けることが出来ない。

クエストはギルドに直接依頼されるか、もしくはギルド連盟に依頼されたものが回ってくるかのどちらかになる。

回されるクエストは、そのギルドの評価をもとに適したものが選ばれる。

『テンペスト』は最近まで最低評価だったせいでBランクのクエストが回ってこない。

エレノアさん曰《いわ》く、既にCランクのクエストが回されているのはかなり期待されているとのこと
なので、まだBランクのクエストを受けられないからと言って気にしていても仕方ない。

それに、クエストが受けられないなら受けられないで他にやることは山積みだからな。

「……ふぅ、深夜にも行動が出来るようになったのはかなり便利だよな」

部屋にある照明魔導具を付け、俺は魔力を制御し筋肉に負荷をかけながら筋力トレーニングを行
っていた。

それもこれも先日考えた睡眠時間を削るための魔法のおかげだ。

……正確に言えば魔法ではなく、スキルなんだけども。

《剛ノ剣・改》のときと同様に俺はオリジナルスキルを取得してしまった。

俺はこれを《仙眠法》と名付けた。

発想自体は単純で《魔力超回復》を応用したものだ。

そのおかげで《仙眠法》の副産物として《超回復》というスキルも取得した。

---

**○スキル《超回復》**

**体力の自然回復量がかなり上昇する。自身の体力が低くなればなるほど、回復量は増加する。**

これらを利用し、成長ホルモンの分泌を魔力で活性化させ、超短時間での睡眠を可能にした。

《仙眠法》での睡眠は、１時間で８時間分の睡眠に等しい。

これで俺は１日のうち23時間を使えるようになった。

みんなが眠っている時間でも俺は努力出来るってわけだ。

『あるじ……しずかに……』

『す、すまん……』

俺は筋力トレーニングを止めて、キュウの邪魔にならないように鍛錬することにした。

こっそり部屋を抜け出して、テンペストの闘技場を利用するのも良いな……。

# 第四話　ダンジョンの階層ボス『ミノタウロス』

ナイトメアによる襲撃事件から1ヶ月ほど経った頃。

『テンペスト』に所属する冒険者のほとんどが今、ギルドに集まっている。

所属冒険者の数、現在12名。

ギルドマスターは月に一度、ギルドに所属する冒険者の様子を報告する義務がある。

ギルドメンバーのランクの変動も報告に行った際に知らされる。

それについての連絡を聞くためにみんな集まっている。

椅子に座っていたり、立っていたり、とバラバラだがとりあえずは連絡を聞いておこうってわけだ。

「ランクが上がったのは――」

ロイドさんがメンバーの名前を読み上げていく。

Fランクの新人冒険者たちはみんなEランクに上がっていた。

「フィーアはDランクからCランクに昇格だ」

「おぉ、頑張った甲斐がありましたね」

フィーアは嬉しそうに笑う。

「やったな、フィーア」

「はい！　最近の私は結構努力してますから」

自慢げに胸を張るフィーア。

実際その通りでフィーアはかなり頑張ったに違いない。

DランクからCランクの昇格はFランクからEランクのように簡単にはいかない。

それを1ヶ月で昇格してしまうフィーアの努力は、大会前とは比べものにならないだろう。

たまにフィーアとは模擬戦を行っているのだが、かなり強くなってきている。

スキルを覚えて、戦闘にも幅が出来た。

これからもフィーアはどんどん強くなっていきそうだ。

そして俺のランクは変わらずBランクだった。

まぁ仕方ないか。

Aランクの犯罪者を捕らえたと言ってもBランクのクエストは一つも達成していない。

これで昇格するのは流石に無理があるよな。

「それとリヴェル、Bランクのクエスト持ってきたぞ」

ロイドさんはそう言って、依頼書を渡してくれた。

[『ダンジョン・フレイパーラ』の二十階層のボス【ミノタウロス】の堅牢な角を納品]

ふむ、クエストでダンジョンに行くのはこれが初めてだな。

「ダンジョンには４人までギルドメンバーとパーティを組んで挑戦することが出来る。色々と準備することも多いから、気を抜かずにやれよ。――っと言ってもリヴェルのことだから言わなくてもちゃんとやるんだろうけどな」

「そんなことないですよ。忠告してもらえるのは凄く嬉しいです」

パーティか……。

それならフィーアとクルトには是非手伝ってもらいたいところだな。

クルトは今いないので、先にフィーアから頼んでみよう。

「というわけでフィーア、俺とパーティを組んでくれないか？」

「……へ？　あ、私で良いんですか？」

「もちろんだ。フィーアがパーティに入ってくれれば心強い」

「なるほど……それはそれは……もうリヴェルさんは仕方ないですね、是非よろしくお願いします！」

上からなのか下からなのかよく分からないフィーアの態度が少し面白い。

とりあえず、フィーアが手伝ってくれることになって一安心だ。

＊＊＊

フレイパーラは地下に存在するダンジョンの上に出来た都市だ。

　そのことから「迷宮都市」と呼ばれている。

　冒険者ギルドの数がテオリヤ王国で最も多く、王都に並ぶほど栄えているのは間違いなくダンジョンの存在が大きいだろう。

　ダンジョンでは、大気中に漂う魔力のもと――魔素が魔物や宝箱を出現させる。

　宝箱には、魔物の素材、ポーション、装備品などが入っている。しかし、トラップが仕掛けられている場合もあり、ときには宝箱自体が魔物であることもあるらしい。

　魔物や宝箱が魔素によって出現する原理は一切不明。

　だが、それらは尽きることのない無限の資源であり、日々多くの冒険者がダンジョンに足を運んでいる。

　ダンジョンには解明されていない謎が多すぎる。

　だからこそ、ダンジョンに行く前には準備を怠ってはいけない……らしい。

　準備といっても俺の場合、あまりすることがない。

　ダンジョンに挑む際にパーティを組めるのだが、定員は４名だ。

　多くのパーティは通常運び屋を一人雇うらしい。

　ダンジョンで獲得したアイテムを運び屋に持たせることによって、残りの３人は戦闘や周囲の警戒に集中出来るというわけだ。

　だが俺は《アイテムボックス》のスキルを持っているため、別に運び屋は必要ない。

　あとすべきはクルトを誘うことだが、日中はどこにいるのか分からないので夜になったらクルトが泊まっている部屋に行く予定だ。

夜になるまで鍛錬の時間に当てても良かったが、

「私、ダンジョンのこととかあまりよく分からないので準備とか手伝ってもらえると、とても助かります」

フィーアがそう言ってきたので、俺は頷いてフィーアの準備を手伝うことにした。

「フィーアは最近、魔力枯渇状態にはなっているか？」

「えっ、どうしてそんなこと聞くんですか……」

「いや、ダンジョンは魔物との連戦が続くから魔力は多ければ多いほど良い。最初に会った頃からどれだけ魔力が増えているか知りたいな、と思って」

魔力枯渇状態に1日に1回はなっておくノルマがあったような気がしないでもないが、それは流石に無理があるよな。

普通は魔力枯渇状態になんて誰もなりたがらないのは嫌というほど知った。

好き好んで魔力枯渇状態になる奴なんて、かなり少ないだろう。

増える魔力も微量で1回や2回経験するぐらいじゃ大した変化はない。

それでも、もしフィーアが毎日続けていれば魔力の量は少し変化があるはずだ。

「な、なってますよ……2日に1回ぐらいは……」

フィーアは俺と目を合わせようとせずに言った。

「2日に1回か。よく頑張ってるな」

「……あれ？　え？　お、怒らないんですか……？」

「魔力枯渇状態になるのはとてもしんどいことだからな。それを2日に1回もやっているんだ。怒るわけないだろ」

「……ありがとうございます。ふふ、リヴェルさんは優しいですね」

「そんなことない」

「……あ、あのですね、実を言うとさっきの2日に1回ではなく3日に1回でした」

「えぇ……なんで少し盛っているんだ？」

「アハハ……怒られると思っていたものでつい……」

「まぁいいけどな。じゃあ3日に1回だということを考えれば、魔力はそこまで増えてないか」

「ですね、考えなしにスキルとか使ってるとすぐに魔力がなくなっちゃいますよね」

「よし、じゃあまずはポーションを買いに行くか」

「ポーションを買うんですか……うーん、お金が勿体ない気がしますね……」

「そこで貧乏性を発揮するな。今回はダンジョンの二十階層にまで潜り込まなきゃいけない。五階層とかならまだしも二十階層ともなると、長期戦になりそうだから今のフィーアの魔力じゃ心許《こころもと》ないだろ？」

「そうなんですけど……うーん、ポーションって割と高くないですか？」

「ポーションの品質にもよるが、フィーアは一つにつき銀貨1枚のものを10個ほど買えば問題ないだろう」

「た、高い！　高いですよ！　私、今金貨2枚ぐらいしか持ってないんですよ！」

「じゃあ余裕じゃないか。クエストをこなして結構稼いでるみたいだな」

「全然余裕じゃないですよ！　お金はいくらあっても足りません！」

はぁ、こうなっては仕方ない。

一応俺が頼んでダンジョンに同行してもらう形だからな。

俺は《アイテムボックス》から自作した魔力が回復する効果のあるポーションを10個取り出す。

「ほら、受け取れ」

「こ、これはポーションじゃないですか!?　えっ、リヴェルさんもしかしてこれ貰っちゃってもいいんですか？」

「ああ。今回はフィーアに同行をお願いしている立場だからな。特別だぞ」

「ありがとうございます！　リヴェルさん大好きです！」

調子のいい奴だな、まったく。

＊＊＊

その夜、俺はクルトの部屋を訪れた。

「夜遅くに悪いな」

「気にしないでよ。リヴェルと僕の仲じゃないか。それに僕もリヴェルに見てほしいものがあったんだ」

「見てほしいもの？」

「じゃあ早速だけど、見てもらおうかな」

　クルトの身体を魔力が凄い速さで駆け巡る。

　足元に青白く光る幾何学模様の魔法陣が作成されたかと思うと、再びその上にもう一つ魔法陣が浮かび上がってきた。

　多くの魔法使いは魔法を使用する際に魔法陣を必要としない。

　それは詠唱に魔法を使用するための要素が詰め込まれているからである。

　だが、クルトは魔法陣を作成している。

　一体どういうことだ？

「これは《多重詠唱》というスキルさ。これを取得するのにリヴェルが教えてくれた古代魔法の知識が役立ってくれてね。お礼をしたいと思っていたところさ」

《多重詠唱》か……。

　確か《央知》で《魔力操作》に関連するスキルを調べたときにあった気がするな。

　二種類の魔法を同時に使えるようになるもので、難易度はかなり高かったはずだ。

「お礼なんて気にしなくていいよ。役に立ってくれたなら何よりだ」

「……まったく、リヴェルは本当に無欲だね」

「あ、じゃあ一つだけ頼みがあるんだけどいいか？」

「もちろんだとも」

「実はBランクのクエストを受けられることになったんだが、ダンジョンに行かなきゃいけないものだったんだ。だからクルトにも是非手伝ってもらいたいなって」

「お安い御用さ」

よしよし。

クルトにも手伝ってもらえるとなるとかなり心強いぞ。

そのあと少し雑談をし、クエストの詳細は明日ギルドで説明するということになった。

＊＊＊

外が少し明るくなってきた時間に眠りについた俺は、1時間で目を覚ました。

《仙眠法》は非常に便利なスキルだ。

睡眠時間を他のことに当てられるというメリットだけではなく、入眠もスムーズで、目覚めも良い。

寝起きが悪い人に是非オススメしたいスキルだ。

と言っても《仙眠法》は俺の考えたオリジナルスキルなんだがな。

……待てよ、じゃあ《仙眠法》について解説した書籍を売り出せば大儲け出来るのでは？

まあ、やるかどうかは未定だ。

たぶんやらないだろうな。

そんなことを考えながら『テンペスト』のドアを開いた。

今日も朝早くから受付嬢の仕事に励むエレノアさんが、リヴェルさーん、と言って手招きしてきた。

「先日引き受けられたクエストですが、他の冒険者の方も引き受けられて競合状態になりました。当ギルドの他に引き受けているのは『レッドウルフ』ですね」

クエストは誰でも引き受けることが出来る。

数に限りはないため、複数人がそのクエストを引き受けた場合、競合状態となる。

報酬はクエストの達成条件を満たした者しか受け取ることが出来ないので、当たり前だが競合状態になった者同士で競うことになる。

で、今回はその相手が『レッドウルフ』のメンバーということになるわけだ。

『レッドウルフ』と言えば見知った人物が一人いる。

【最上位剣士】の才能を持つアギトだ。

俺がフレイパーラ新人大会のベスト8決定戦で戦った相手だな。

「誰が引き受けたとかって分かりますか？」

「えーっとね、カリーナって人だね。Aランク冒険者みたいだけど、リヴェルさんならきっと大丈夫そうね」

確か『レッドウルフ』にはAランク冒険者が3人いたはず。

カリーナは、そのうちの一人ってわけか。

「……これは今日にでもダンジョンへ行かなきゃまずそうですね」

クエストを成功させるには、相手よりも早くミノタウロスの堅牢な角を納品しなければいけない。

今回、討伐するモンスターはミノタウロス。

Bランクに指定されるモンスターで十分危険ではあるが、Sランクのマンティコアを倒せたんだ。

まあ、なんとかなるだろ。

「そうね。応援しているわ」

エレノアさんはそう言ってニッコリと笑った。

ギルドでしばらく待つと、クルトとフィーアがやってきた。

状況が変わり、少し急がなければいけないため、話し合いはダンジョンの入り口に向かう道中で行うことにした。

パーティの人数の上限は4人なのでもう一人追加することも出来るが、ギルドのメンバーの実力を考えるに無理に揃えることもないだろう。

「二十階層までの道中だが、俺が先頭を歩くから二人は後を追ってきてくれ」

「分かったよ。接近戦を得意とするリヴェルが前衛で遠距離攻撃がメインの僕とフィーアは後衛を務めるのはセオリー通りで問題ないと思うよ」

「……でも、戦闘以外のときもその陣形を保つんですよね？　もしリヴェルさんが方向音痴だったら中々進めなそう」

「方向音痴ではないと思うが、とりあえずそれについては心配しなくていい。迷わずに二十階層まで行けるさ」

「もしかしてリヴェルは地図を買ったのかな」

「当たりだ」

ダンジョンの構造は既に多くの冒険者のおかげで明らかになっており、フレイパーラの街では、その情報をもとに作られた地図が売り出されている。

階層が下に行けば行くほど地図の価値は高くなっていく。

フレイパーラをメインに冒険者として活動していくのであれば、今後ダンジョンを活用する機会は多くなりそうだと思ったので二十階層までの地図を購入したのだ。

「なるほど、地図を見ながら進めば迷うことはありませんね」

「地図は買ったが、別に見る必要はないぞ」

「え？　でも地図を買ったなら見ないと意味がないんじゃないですか？」

「他に準備出来ることはないかと思って地図の内容を覚えてきたんだ。だから道中で見る必要はないってわけ」

昔から物覚えは悪くない方で覚えるのには大して労力はかからなかった。

「……二十階層分も？」

「ああ」

「……リヴェルさんらしいですね……私はもう驚きません」

フィーアは呆れた顔で言った。

どうしたんだろうか。

「ありがとうリヴェル。道に迷わないならそれだけ魔物との戦闘回数も少なくなる。大助かりだよ」

「俺もそれを見越して覚えてきたんだ。なにしろ初めてのダンジョンだからな」

ダンジョンは資源の宝庫だが、命を落とす冒険者の数も少なくない。

慎重すぎるぐらいが丁度いい気もする。

地図の内容は完璧に把握しているが、一応念のために《アイテムボックス》に収納してあるから大丈夫だろう。きっと。


そのまま歩いていくと、フレイパーラの中央区についた。

ダンジョンの入り口はフレイパーラの中央区にある。

この辺はよく整備されているし、冒険者ギルドや冒険者をターゲットにした店の数も多い。

その中でも一際目立つ、大理石で造られた大きな建物がある。

その周囲には多くの冒険者たちが集まっている。

どうやらダンジョンの入り口は、あの建物の中にあるようだ。

大理石の建物の中に入ると、アギトがいた。

「あ」

「あ？」

目が合うとお互い声を漏らした。

「ようアギト。『レッドウルフ』のメンバーがライバルになるとは知っていたが、まさかお前がいるなんてな」

「ああ、俺ももちろん知ってるぜ。なにしろ今回のクエストはお前にリベンジするために引き受けたものだからなァ」

……なるほど、そういうことだったのか。

「リベンジとは随分と張り切っているな」

アギトのパーティは４人だ。

大きなリュックを担いでいる者がおり、その人が運び屋だとすぐに分かる。

周りのパーティを見回すと、大きなリュックを担ぐ運び屋らしき人物たちが何人か確認出来る。

「負けっぱなしは性に合わねェ。俺は大会のときよりも格段に強くなった。今回は勝たせてもらうぜ」

「そうか、楽しみにしてるぞ」

「……ッケ、やっぱりムカつく野郎だ」

「ハァ～、こんなことするのは今回限りにしてよ～」

アギトの隣で猫耳の生えた女性が額に手を置きながら、ため息を漏らした。

あれ？　この人どこかで見たことある気がするな……。

あー、思い出した。

この人、俺が初めてアギトと会ったときに喧嘩に発展しようとしたところを止めていた人だ。

ストーップ！　って叫んでたな。

「なんだお前。怒ってるのか？」

「べっつに〜。ただ競合してるクエストを受けるのは嫌だな〜って」

「ッハ、関係ねえよ。あいつらより先にミノタウロスをぶっ倒せばいいだけだ」

「先に倒さなきゃいけないなら関係あるよね？　絶対ないわけないよね？」

「うっせえな。もう決まったことをごちゃごちゃ言ってくんじゃねェ」

仲が良さそうだ。

しばらく俺たちは置いてけぼりにされて、二人の言い合いが続く。

何も言わずに去っていくのも違う気がして、俺たちはその場に突っ立っていた。

「リヴェルさん、もうさっさとダンジョンに入っちゃいましょう……」

フィーアが俺の耳元でそう囁《ささや》いた。

俺たちの何処となく気まずい感じを察知してくれたのか、

「あっ、ごめんね。その……色々と」

猫耳の女性が両手を合わせて、申し訳なさそうに頭を下げた。

「大丈夫ですよ。良い刺激になってますから。——それに、俺たちも負けるつもりはありませんので」

「ふふふ、男だね〜。流石は史上最速でBランクになった冒険者なだけはある」

史上最速って……まぁ間違ってはいないか。

「私はカリーナ。よろしくね。あ、そっちのことはよく知っているよ。リヴェル君に、クルト君に、フィーアちゃんだよね。大会の参加者でズバ抜けて強かったから、覚えちゃった」

「嬉しいです」

やはり大会の影響はかなり大きいようだ。

ダンジョンの出入りは管理されており、誰が入って、誰が出てきているかが分かるようになっている。

ダンジョンから出てきていないパーティを救助出来るようにするためらしい。

そのため、ダンジョンに入る前には手続きが必要なようだ。

アギトたちは既に手続きを終わらせているようで、俺たちよりも先にダンジョンに入って行った。

既にスタートダッシュで差が出来てしまったが、なんとかなるだろう。

……負けるつもりはないとか言っておいて、このまま普通に先を越されたら恥ずかしいな。

＊＊＊

ダンジョンに入るのは初回ということもあって、手続きに随分と時間がかかってしまった。

結局、俺たちがダンジョンの中に入れたのは、アギトたちがダンジョンに入ってから30分が過ぎた頃だった。

これはかなり劣勢と見て良いだろう。

「へぇ、これがダンジョンか。想像通りの場所だね」

「中は魔水晶が明かりになっていると聞いてましたが、なるほどなるほど……綺麗ですね」

ダンジョンの壁は魔石で出来ている。

壁には等間隔に魔水晶が埋め込まれており、それが青色に光っている。

「1~3階層の敵はFランクの魔物。4~9階層もEランクの魔物だ。無視して先に進もう」

「そういうことなら――ファスト」

クルトが魔法を唱えた。

「ファストは移動速度が上昇する魔法だね。相手とは少し差が開いているんだ。追いつけるようにその分速く行動しないとね」

「わー、ありがとうございます！」

「助かるよ。それじゃあ一気に10階層までいこうか」

＊＊＊

クルトのおかげでかなりの短時間で10階層に着くことが出来た。

しかし、それでもまだアギトたちに追いつく気配はない。

「あれ、10階層は今までの階層と雰囲気が違いますね」

ダンジョンでは10階層ごとにボスモンスターを倒さなければ先に進めない。

今回の目的であるミノタウロスもボスモンスターだ。

10階層はシンプルな造りの円形の空間で、その中央にボスモンスターのゴーレムが待ち構えている。

ゴーレムはDランクに指定されている。

攻撃は見た目に反してそこまで破壊力があるわけではなく、動きが単調で攻略は難しくない。

ボスモンスターは討伐後、10分経つと再び出現する。

すでにゴーレムが出現しているということは、アギトたちがここを通ったのは10分以上前になる。

「そういえばクルトさんには私の取得したスキルをお見せしていませんでしたね」

フィーアが一歩前に出た。

「ギルドに顔を出さないうちにスキルを取得していたのは僕も同じだよ」

「ぐぬぬ、やりますねクルトさん。成長しているのは私だけではありませんでしたか」

「まぁつまり、あのゴーレムはフィーアが相手をしたいんだな」

「はい！　そういうことです！」

フィーアは最近、意識だけでなく性格までもが少しずつ変化してきている。

出会った当初よりも人見知りすることはなくなり、段々と明るく、積極的になっている気がする。

まだ課題も多いとはいえ、これは良い変化だ。

間違いなくフィーアは強くなるだろう。

「僕は構わないよ。フィーアのスキルも見てみたいからね」

「あっ、それじゃあ……！」

「ああ、ゴーレムはフィーアに任せた」

「ありがとうございます！」

フィーアが見せた表情は曇りのない笑顔だった。

ふぅー……と、深呼吸をしてフィーアは腰のホルダーから二丁の拳銃を取り出す。

ゴーレムは俺たちの存在に気付き、すぐそこまで近づいてきていた。

そして一番前に出ていたフィーアにゴーレムはタックルをした……が、フィーアは宙を舞うようにジャンプをして攻撃をかわした。

「――いきます」

人が変わったようにフィーアの動きは軽やかになった。

一発、二発、と牽制に銃弾を放つ。

着弾すると、ゴーレムの石の身体が震えた。

「硬そうな見た目の割に随分と脆《もろ》いですね。これならすぐに倒せる」

フィーアは地面に着地すると、二丁拳銃には魔力が溜められていた。

二丁拳銃をゴーレムの頭部に向け、

「《ソニックショット》」

先ほどよりも弾速が増しており、弾丸は風属性の魔力を帯びている。

フィーアの放った弾丸は見事ゴーレムの頭部を貫通した。

そのままゴーレムは地面に倒れて、石の身体がバラバラに崩れ去った。

フィーアはクルクルと器用に二丁の拳銃を回しながら、ホルダーに納めた。

「ふふ、楽勝ですね」

「ご苦労さん。それじゃあ、とっとと先に進むぞ」

「……あれ、ボスを倒したというのに反応が薄いですね」

「フィーアのスキル、初めて見たけど何か地味だね」

「ク、クルトさん!?　それは禁句ですよ！　これからもっとスタイリッシュでド派手なスキルを取得していくんですから！」

身振り手振りを使って、フィーアは思い描くスキルを表現してみせた。

どんなスキルを取得するつもりなのかサッパリ分からなかったが、懸命に伝えようとするフィーアを眺めていた。

「――って、こんなことしてる場合じゃない！　急がないと追いつけなくなる！」

俺は正気に戻った。

「ファスト。一応、移動用に魔法をかけ直しておいたよ」

「ありがとうクルト。次の階層からはDランクの魔物が出現してくる。戦闘を避けて抜けられれば一番だが、そうはいかんだろう。接敵した際は一人1体の魔物を倒して先に進もう」

安全かつ迅速にダンジョンを進んでいく必要がある。

Dランクとはいえ甘く見ていたら痛い目に遭う。

「良い考えだと思うよ」

「分かりました！」

二人は納得してくれたみたいだ。

「それじゃあ先に進もう」

＊＊＊

「うわぁっ！　キ、キモいです！　なんですかアレ！」

前方に見えるのはDランクの魔物、アイアンワームが3体。

銀色に光る芋虫がうねうねと這《は》い寄ってくる。

大きさは体高が50ｃｍぐらいで全長が1ｍほどだろうか。

「一人1体ずつ倒すぞ」

「分かったよ――ファイア」

クルトはアイアンワームよりも少し小さいぐらいの火の球を放った。

アイアンワームはじゅわっと燃えて黒コゲになった。

良い火力だ。

俺もクルトに倣ってアイアンワームを火魔法で倒す。

「なっ！　リヴェルさん！　なんで魔法で倒しているんですか！　ズルいですよ！」

「嫌だろ。普通にキモいし。出来るなら剣で斬りたくないって思うだろ？　それにフィーアも拳銃なんだからさっさと倒しなよ。魔法撃つのと同じだろうに」

「い、嫌です！　あんな気持ち悪い魔物を直視したくないです！　銃口を向けるのも困難です！」

どんだけ嫌なんだ。

だが、拳銃を持ってみればフィーアは途端に冷静になる。

案外大丈夫かもしれない。

「まあ良いから、とりあえず拳銃を握ってみろよ」

「今回ばかりは拳銃を握っても無理です――」

バン、バン。

即座に弾丸は放たれた。

ブチュ、ブチュ、と緑色の体液を飛び散らし、絶命するアイアンワーム。

うわぁ……キモ……。

「リヴェルさん、先を急ぎましょう」

フィーアは、その光景を見ても何も動じなかった。

「フィーアは平気なんだね」

クルトが言う。

「はい、案外平気でした」

冷静になりすぎだろこいつ。

てか、これダンジョン内ではずっとフィーアに拳銃持たせておけば良くないか？

「……フィーア、しばらく拳銃を持ったまま行動しないか？」

「……？　変なリヴェルさんですね。別に良いですけど」

何言っているんだ？　という感じで首を傾げるフィーア。

しかし目論見《もくろみ》通り、フィーアがかなり冷静に魔物を倒してくれるおかげでスムーズに階層を進むことが出来るのだった。

＊＊＊

リヴェルたちが快進撃を繰り広げる中、アギトたちはもうすぐ19階層に到達しようとしていた。

「ハァァアッ！」

道中に現れるCランクモンスターをアギトは一掃していく。

豪快な動きだが、アギトの剣術は何度も何度も反復練習を積み重ねることによって生まれる繊細さも兼ね備えていた。

【最上位剣士】ほどの才能を貰ってもアギトは慢心することはなかったのだ。

「……ハァ、ハァ」

しかし、連戦に次ぐ連戦でアギトは息が切れていた。

それもそのはずだ。

アギトはダンジョンに入ってから対峙した敵のほぼ全てを一人で倒しているのだから。

「……本当に大丈夫？　そんな様子だと20階層のミノタウロスに負けちゃいそうだけど」

アギトのためにこのクエストを受けたAランク冒険者のカリーナは心配そうに言った。

「何言ってんだ……大丈夫に決まってんだろうが」

「もう、口だけは一丁前なんだから」

「ったりめーだ……これは俺が無理言ってお前に頼んだことだ。だから俺だけが戦う」

「変なところで頑固なんだよねぇ～」

こういったやり取りは既に何度もされていたが、アギトは一向に考え直すつもりはない。

（これは俺の戦いだ……誰にも邪魔させやしねえ）

アギトはリヴェルに全力で挑んで負けた。

清々しいほどの敗北を経験し、アギトはより一層実力を磨いた。

アギトはただの負けず嫌いではない。

負けをしっかりと受け止め、次は必ず勝つ。

（絶対に負けねぇ……。こんなところで立ち止まってたら父さんを超えるSランク冒険者になんかなれるわけねぇからな）

「アギトさん、もうすぐで20階層です！　頑張りましょう！」

「応援してるッス！」

残りのパーティメンバーの二人がアギトを励ました。

「ッチ……黙ってろッ！」

「「は、はい！」」

だが、アギトはそんな二人を怒鳴り散らした。

それでも二人は自分よりも年下のアギトを尊敬している。

何故なら『レッドウルフ』のメンバーはアギトのことをよく理解しているからだ。

アギトたちは19階層に辿り着いた。

19階層は広い空間でモンスターの攻撃を避けやすく、通り抜けることが容易だ。

当然それを知っているAランク冒険者のカリーナだったが、何か異変を感じていた。

（モンスターの数が多い……？　いや、違う。これは……！）

「みんな、モンスターハウスよ！」

ダンジョン内に魔素が充満すると、大量の魔物が出現するモンスターハウスと化す。

目標である20階層の目前でまさかの緊急事態が発生していた。

＊＊＊

「よし、もうすぐで19階層だ！」

「順調に進むことが出来て良かったね」

「ああ。これもフィーアのおかげだな」

フィーアは遠くの敵が襲いかかってくるまでに攻撃を入れる。

Dランクの魔物は襲いかかってくる前に仕留め、Cランクの魔物は手負いの状態にしてくれる。

おかげでかなり効率よく進むことが出来た。

「……そんなことないです」

常に銃を持っているせいかフィーアはいつもと少し反応が違ったが、どこか照れ臭そうにしていた。

19階層への階段を降りていくと、

「……何か妙だな」

「……そうだね、僕も異変を感じたよ」

「……もしかすると何か良からぬことが起こっているのかもしれないな」

「うん、気をつけて進もう」

「ああ。フィーアも今までの階層とは訳が違うと思って気を引き締めてくれ」

「分かりました。けれど二人は、どのような異変を感じ取っているのですか?」

「僕は何か嫌な気配を感じたよ。この奥から発せられる魔力は不気味だ」

「そうだな。大気中に漂う魔素が19階層に吸い込まれているように思える。こんなこと、今までの階層では一度も起こっていなかった」

「……なんとなく分かりました」

そして19階層へ進むと、多くの魔物に取り囲まれて戦っているアギトたちに遭遇した。

しかもただの魔物ではない。

19階層では発生しないはずのBランクモンスターまで含まれている。

「これは……モンスターハウスか！」

「それも凶悪なモンスターハウスね。これだけの魔物の量は中々お目にかかれないし、普通のモンスターハウスと違ってここよりも下の階層で出現する魔物まで出てきているわ！」

カリーナは短剣で魔物と戦いながら言った。

19階層の構造は幅が広く、魔物との戦闘を回避し、通り抜けやすいはずだが、これだけの魔物がいるとなれば話は別だ。

100体ぐらいはいてもおかしくない。

それに今もなお増え続けている。

「リヴェル君！　危ない！」

カリーナが慌てて大きな声を出した。

真横からBランクモンスターのバイコーンが2本の角をこちらに向け、突進してきていた。

——大丈夫、気付いている。

なにせ俺は『ナイトメア』の一件の後も努力し続けているから。

取得予定だったスキルは《料理人》を除き、既に全て取得している。

○スキル《領域》
自分から一定範囲の球状の空間を自身の魔力で薄く満たすことでその中に侵入したものを瞬時に察知することが出来る。力量が上がればどんどん大きく出来るようになる。ただし液体には浸透しにくく、固体はほとんど浸透しない。
○取得条件
魔力を自分の周囲に半径10ｍ以上の球状に展開して24時間維持する。


《領域》は便利なスキルだ。

展開する《領域》が大きければ大きいほど魔力の消費は激しくなるが、その分展開している空間内を目視していなくても手に取るように分かる。

19階層を訪れる際に俺は半径20ｍの《領域》を展開していたおかげで、すぐさまバイコーンの攻撃に気付くことが出来た。

「《剛ノ剣》」

バイコーンを一刀両断。

やはりBランク相手なら《剛ノ剣》で十分そうだ。

「……ハハハ、流石はウチのアギトを倒しただけはあるね。要らない心配しちゃったかな」

「いえ、助かりました！　今からそっちに向かいます」

競い合っていた仲だが、この状況ではそうも言っていられない。

共闘してこの窮地を乗り越えなければ。

「……てめぇらの助けなんか要らねえんだよ。とっとと失《う》せろ」

合流すると、アギトは不機嫌そうに言った。

ざっと周りを見回すと、魔物だらけ。

倒しても倒しても一向に減っていく気がしないのは、絶えず魔物が出現しているからであろう。

どれだけ出現するかも不明。

最悪の場合、俺たちの体力がなくなるまで魔物が出現し続けるかもしれない。

しかし、このまま20階層に進んでもミノタウロスと魔物の大群に挟まれ、事態は悪化するだろう。

……やれやれ、これは勝ちを譲るしかなさそうだ。

「体力の限界のようにも見えるが、それだけの口を叩けるとは大した根性だな」

「喧嘩売ってんのか、てめぇ」

「……俺の負けだ。だから20階層へ行ってミノタウロスを倒せ」

「は……？」

「その代わり、俺の仲間も連れていけ。ここは俺一人で食い止める」

「リヴェル、本気か？　君でもこの数を相手に一人で挑むなんて無茶だ」

クルトが言った。

「この状況を最も安全に乗り越えるにはこれが一番だ。それに、俺は別にこの魔物共を全部倒すつもりなんてない。あくまでお前たちがミノタウロスを倒すまで耐えるだけだからな」

「しかし……」

「ッハ！　勝ちを譲ってもらってるみたいで納得いかねーけどよ、その話乗ってやる」

「それなら、19階層の人数を増やすべきだ。出現しているモンスターにミノタウロスと同等の奴だっている」

クルトはかたくなに俺の考えを認めようとしない。

「いや、それはどうかな。この先に待つミノタウロスは少し特殊かもしれない」

カリーナが険しい表情で言った。

俺も同意見だ。

「俺もそう思います。これだけ異常なまでに19階層に魔素が充満しているというのに、20階層から魔素が流れ込んできている気配はない。もしかすると、20階層も19階層と同じだけの魔素が充満している可能性がある」

「そうだね。選択を誤れば死人が出かねない」

「はい、だから俺だけを残して――」

そこで俺の言葉は遮られた。

「ふふ、流石にリヴェル君一人を犠牲にするような真似は出来ないなぁ。そういうわけで仕方ないから私も一緒に残らせてもらうよ。残るメンバーでどうにでもなるでしょ」

アギト、クルト、フィーア、そして名前の知らない二人の冒険者。

確かになんとかなりそうな気がする。

「俺一人でも全く問題ねぇよ」

そう言って、アギトは先陣を切るように20階層へ降りて行くと、名前の知らない二人も急いで後を追った。

「……まったく、リヴェルにはいつも驚かされてばかりだ。……ミノタウロスぐらいすぐに片付けてくるよ」

「ああ、頼りにしてる」

「リヴェルさん……どうか死なないでくださいね」

「もちろん、フィーアも死ぬなよ」

完全に納得している様子ではなかったが、クルトとフィーアも20階層へ降りて行った。

「さーて、頑張っちゃいましょうかね」

「はい、お互い頑張りましょう」

俺たちを囲むCランクとBランクの魔物たち。

何種類もの魔物がこの19階層に出現しており、まさに地獄絵図ってやつだ。

……ハァ、本当は一人でこれだけの数の魔物を相手にしたかったのだが仕方ない。

俺が残ったのはみんなの安全のためという理由ももちろんあるが、それは一番の理由ではない。

一番の理由は、このモンスターハウスを利用すれば複数の敵を相手にするときの特訓になるということだ。

俺が今までの相手と戦ってきた状況はほとんどの場合1対1だ。

しかし、これからはそうじゃない場面にも多く出くわすだろう。

言ってしまえば、これはそのための特訓だ。

ふふ……モンスターハウスに出くわしたのはかなりの幸運だ。

それに魔物のランクも申し分ない。

——さて、学ばせてもらおうか。

＊＊＊

20階層で待ち受けるボスモンスター、ミノタウロス。

牛頭人身獅子《しし》の牙を持つ怪物だ。

その両手に人間では到底扱い切れないであろう巨大な斧を持っている。

先頭を走るアギトが20階層へ足を踏み入れると、ミノタウロスは静かに紅い瞳を開き、雄叫《おたけ》びをあげた。

雄叫びはミノタウロスを中心に円状に広がる20階層全体に響き渡った。

アギトはミノタウロスが放つ威圧と殺気を確かに感じ取っていた。

「上等だァ！　牛頭が俺様に勝てると思ってんじゃねぇぞ！」

「おい、一人で勝手に行くな！」

アギトよりも少し遅れて20階層に到着したクルトは大声をあげた。

「っせーな、黙って見とけ」

クルトの発言に反発するようにアギトは移動を加速させ、瞬時にミノタウロスに接近した。

そして繰り出す一撃をミノタウロスは巨大な斧で防ぐ。

「流石にその斧は飾りじゃねえよな」

二撃、三撃と、アギトは相手に反撃の隙を与えないように正面から怒濤《どとう》の連撃を繰り出す。

「だが所詮は魔物。技術はねえようだな！」

そして、アギトの攻撃を防ぎ切れなくなったミノタウロスに一撃が入る。

このまま続けて急所である顔に攻撃を仕掛けていきたいところだが、違和感に気付く。

攻撃に全くと言っていいほど手応えがないのだ。

「「アギトさん！　危ない！」」

『レッドウルフ』の二人が叫んだとき、ミノタウロスは巨大な斧を大きく振りかぶっていた。

ミノタウロスはアギトの言う通り魔物だ。

だからこそ、ミノタウロスを人と捉えてはいけない。

Bランクの魔物に技術がないからと言って、弱いなんてことはありえないのだから。

「ッ――――！」

ミノタウロスの攻撃を避け切れないと判断したアギトは剣を盾にして、防御に徹した。

攻撃に耐え切れず、吹き飛ばされるアギト。

まさに、肉を切らせて骨を断つ。魔物らしい戦い方だ。

「人の話を聞かないからこうなる。あのミノタウロスが纏っている魔力の大きさは19階層にいたBランクの魔物よりも上だ。一筋縄でいく相手じゃない。力を合わせよう」

「うっせぇ……俺はまだ負けてねぇ」

そう言うアギトは額から血を流しており、両腕もかなり痛そうだ。

それでもアギトは剣を握って離さない。

アギトが怯んだこのタイミングでフィーアはミノタウロスに銃弾を放った。

おかげでミノタウロスはアギトへ追撃することなく、負傷したアギトよりもフィーアを標的としたのだ。

「僕たちがすべきことはミノタウロスを直ちに討伐すること。19階層にはお前の仲間もいる。つまらない意地を張るのは止めるべきだろう」

アギトはその言葉を真摯に受け止めた。

クルトの言う通り、つまらない意地を張っていることを自覚していたからだ。

「……それで、どう協力するつもりだ？」

「ミノタウロスの弱点はうなじだ。あそこだけ纏っている魔力が弱い。僕たちが戦っている隙に弱点に強力な一撃をお見舞いしてやってくれるか？」

思えば、ミノタウロスがフィーアに標的を変えたのにはこの弱点も関係しているのではないかとクルトは考えた。

ミノタウロスはフィーアからの攻撃を受ける前、間違いなくアギトへ追撃するために動こうとしていたはずだ。

それを止めて、フィーアに標的を変えたのは、フィーアとアギトの位置関係がミノタウロスにとって脅威だったからだ。

フィーアは20階層の入り口付近にいるのに対し、アギトはその奥。

ミノタウロスは二人に挟まれる位置だ。

もし、ここでアギトに追撃を仕掛ければ弱点であるうなじがフィーアに対して露《あら》わになるのだ。

この事実とうなじが纏う魔力が弱いことから、弱点は間違いなくうなじであるとクルトは確信した。

「ああ、やってやる。その代わりてめぇもちゃんと役目を果たせよ」

「ハハ、もちろんさ」

クルトは自信ありげに笑うのだった。

＊＊＊

カリーナの冒険者歴は3年だ。

これまでにモンスターハウスと出くわしたことも何度かあるし、同じような窮地を乗り越えてきたこともある。

（でもこのモンスターハウスは異常……。今までダンジョンに潜ってきて、他の階層、それも下の階層の魔物が出てくることなんて一度もなかった）

カリーナは襲いかかる魔物たちの攻撃をかわして、確実に1体ずつ仕留めていく。

カリーナは【探検家】という、索敵と戦闘を器用にこなす才能の持ち主だ。

器用であればあるほど戦闘が疎《おろそ》かになりがちだが、カリーナはAランク冒険者になるだけの実力をしっかりと身につけていた。

（だけどこのモンスターハウスよりも異常なのは目の前の彼――リヴェル君だ。たった一人で四方八方から魔物の攻撃が飛んでくる19階層の中心に行き、まともに戦えているなんて……どうかしているわ）

カリーナがいるのは前方からの敵だけに意識を集中することが出来る19階層の端。

それこそ、モンスターハウスを相手に耐える正しい立ち位置だ。

一方、リヴェルの行動は耐えるとはかけ離れた行為。

一見、自殺行為にも見えるが、リヴェルは凄まじい勢いで成長を遂げていた。

攻撃を受けても瞬時に傷痕に回復魔法をかけ、すぐさま一撃で敵を倒す。

そして次第に自身が置かれた環境に順応していく。

しばらくすると、リヴェルは攻撃を最小限の動きで行うようになった。

剣を大きく振るのではなく、小さく、的確に敵の急所を狙うように動く。

そうすることによって、攻撃後に敵の攻撃をかわすための余裕が生まれるのだ。


気付けば、リヴェルとカリーナは19階層の魔物を全て倒していた。

リヴェルの周りには魔物の残骸が大量に転がっている。

カリーナは認めざるを得なかった。

リヴェルがアギトよりも、そして自分よりも強いことを。

(あの成長速度は天才のそれだ……。ただの天才では済まされない。卓越した天才……)

力を出し切ったのか、リヴェルは魔物たちの残骸の上で立ちつくしていた。

「リヴェル君……貴方《あなた》は一体、何者なの?」

カリーナがそう問う。

リヴェルはカリーナの方を向き、笑顔で答える。

「何って、ただの努力家ですよ」

＊＊＊

リヴェルがモンスターハウスを全滅させた頃、ミノタウロス戦も終わりを迎えようとしていた。

（あの兎女《うさぎ》……センスが良いな。危険察知能力が高く、ミノタウロスが攻撃を仕掛けてきても見事にかわしている）

ミノタウロスの隙を突くことが役割のアギトは、戦況をじっくりと観察していた。

フィーアはミノタウロスと距離を取りながら攻撃を続けている。

ダメージは微量しか入れることが出来ていないが、攻撃を器用にかわしている。

（危険察知能力だけじゃねーな。目も良いみたいだ。そうじゃなきゃあの至近距離の攻撃はかわせねぇ）

アギトの考えは当たっていた。

フィーアは非常に目が良く、本能的に相手の攻撃をかわすことが上手《うま》い。

（だが、兎女よりも驚くべきなのはあのクソ眼鏡だ。魔法を同時に二種類も使いこなすなんて見たことねぇ）

二種類の魔法を同時に使うためのスキル《多重詠唱》はかなり珍しい。

一流の魔法使いでも取得している者は少ないのだ。

クルトはフィーアのサポートをすると同時にミノタウロスに攻撃を仕掛けたり、もしくは行動を制限したりしている。

（クソ眼鏡が牛頭の行動を制限したからといって、まだ攻撃を仕掛けるわけにはいかない。絶好の機会を待つ）

そして、その機会は訪れる。

ミノタゥロスが痺れを切らして、今までで一番の攻撃を仕掛けてきた。

巨大な斧に魔力を纏わせて、飛び上がったのだ。

アギトは今しかない、と思い駆け出した。

ミノタウロスが着地する瞬間、完全に無防備な状態となる。

アギトはそこを突く。

着地と同時に地面が揺れることを想定し、アギトは適切なタイミングで飛び上がった。

「《炎剣・陽炎斬波》」

アギトの剣は炎を纏い、ミノタウロスの弱点であるうなじを斬り裂いた。

火属性魔法を剣に纏わせた難度の高いスキルをアギトは繰り出したのだ。

アギトが出せる全力の一撃を受け、ミノタウロスは地面に倒れるのだった。

＊＊＊

モンスターハウス……中々のものだったな。

Cランク、Bランクの魔物を複数体相手にするのは結構厳しい。

途中から集中力が高まり、攻撃を食らう回数は減っていったが、まだまだ自分は実力不足だと実感した。

まぁそれはさておき、せっかくだから魔物たちの残骸を回収しておこうか。

Cランク以上の魔物の素材はそれなりに良質なものが多いはずだ。

一つ一つ《英知》で調べていってもいいが、めんどくさいので俺は地面に転がっている魔物の残骸を適当に《アイテムボックス》にぶち込んでいくことにした。

「ちょ、ちょっとリヴェル君!?　一体何してるの!?」

カリーナさんが大声をあげた。

「あー、俺は《アイテムボックス》のスキルを所持しているんですよ」

「……なんで？」

「便利ですよね、これ」

「便利だけど！　便利だけど、なんで!?　冒険者で《アイテムボックス》を持っている人なんて中々いないよ!?　だから運び屋の需要があるっていうのに！」

「……えーと、取得したのは成り行きですね」

塩を運ぶためだったな。

「ハァ～、リヴェル君にはさっきから驚かされてばっかりだ」

「アハハ……」

俺は笑うことしか出来なかった。

《アイテムボックス》に魔物を回収していると、20階層からみんなが戻ってきた。

ミノタウロスを倒して、すぐに戻ってきてくれたみたいだ。

「リヴェル！　ミノタウロスは倒し――」

クルトは19階層の有様を把握すると、言葉を失っていた。

「なんですかこれ……」

フィーアは困惑した表情で言った。

「あー、いつの間にかモンスターハウスの敵、全部倒しちまった」

「えぇ……まぁでもリヴェルさんらしいですね」

「まったく……君って奴はいつも僕たちの予想を越えてくるな」

フィーアとクルトは俺の行動に呆れながらも笑ってくれた。

しかし、笑ったのは二人だけではない。

「くっくっく……ハッハッハ！」

19階層を見渡したアギトは突然、大笑いした。

「ったく、こんなのどう見たって俺たちの負けじゃねぇか」

そう言って、アギトは「ほれ」と、大きな白い角を放り投げてきた。

えーと、どういうことだ？

たぶんこれって……。

「ミノタウロスの堅牢な角か？」

「バーカ、それ以外に何があるんだ」

「良いのか？　倒したのはお前なんじゃないか？」

「……ッチ、黙って受け取ってろ」

アギトは機嫌が悪そうだ。

「リヴェル君、ごめんね。アギトは素直にありがとうって言えないんだよね」

「誰が感謝したんだァ？　してねえだろうが！」

「まぁこの通り、アギトは正々堂々と戦うのが好きなんだ。その角は受け取っておくれよ。アギトが負けを認めたんだからさ」

「なるほど、アギトは案外いいヤツなんだな」

「ちげーよ、バカ。いらねぇならその角返せ」

「貰えるものは貰う主義だ」

せっかく角を渡してくれると言うんだ。

ここはありがたくクエストを達成させてもらおうじゃないか。

こうして俺は初のＢランククエストを無事に終わらせたのだった。

# 第五話　Sランクへ昇格するためには

ダンジョンから帰ると、俺たちは『テンペスト』でクエストの報告をした。

「……こりゃすげえな」

ロイドさんはぽつりと言った。

ロイドさんの視線の先には、倒した魔物の山があった。

それは《アイテムボックス》から取り出したモンスターハウスの戦果だ。

『テンペスト』に闘技場がなければ、こいつらを取り出す場所を確保するのも一苦労だったかもしれない。

倒した魔物は以下の通りだった。


【Cランク】
・トログロダイト（毛深い人型をしたトカゲ）　20体
・リザードマン（人型のトカゲ）　18体

・クァール（黒豹《くろひょう》のような外見で両肩には吸盤のついた触手が生えている）　16体

【Bランク】

・バイコーン　12体

・ムシュフシュ　（蛇の頭、ライオンの胴体、サソリの尾、四肢以外鱗に覆われている）　10体

・オルトロス（蛇の尾を持つ双頭の黒犬）　10体

---

合計86体の魔物を倒していたようだった。

「実力は既にAランクやSランク並みだな」

ロイドさんが言った。

「これだけの魔物を倒してきてくれれば、結構な額になるわね。リヴェル、ぐっじょぶ！」

ラルが嬉しそうに右手の親指を立てた。

『あるじ、魔物いっぱい倒してる！　すごい！』

『まあな』

『この鳥おいしそう！』

キュウの視線の先にはガルーダがいた。

『……食べたいのか？』

『たべたいっ！』

『……よし、分かったから勝手に食うのだけは止めておけ。鳥はちゃんと焼いて食べような』

『あい』

あとで魔物を解体したときにガルーダの肉を少しだけ貰っておこう。

「それにしてもよくこれだけの数を一人で倒してきたわね」

「……リヴェルさんはおかしいです。モンスターハウスで耐えるという話だったのに殲滅《せんめつ》しているんですから」

「途中から相手をするのも慣れてきたんだ。そうなると、いけそう！　って思うだろ？」

「えぇ……思いませんよ……リヴェルさんってもしかして……いや、もしかしなくても頭おかしいんじゃないですか？」

俺はフィーアの発言を聞いて、自分の行動を振り返ってみる。

……あれ？　否定出来ない。

「そうね、今回は無事だったから良いもののリヴェルは身の安全をもっと優先した方がいいわ」

「おいおい、俺は十分身の安全を考えて動いてるぞ？」

「ギルドが襲撃されたときのことをよ～く思い出してみて」

ラルはニコニコとこちらに笑みを向ける。

表情とは裏腹に何か怒りのようなものを感じる。

「はい、今後より一層安全には気を付けます」

「よろしい」

……うーん、やはり周りから見たら危ないって思われてしまうものなんだな。
正直、俺はあの状況で自分が死ぬところが想像出来なかった。
危険に対する感覚が鈍いわけではない……と思う。
なにせマンティコアのときは何度も死ぬ、と思ったからな。
まぁ、マンティコア戦を境に感覚が麻痺している可能性もありえるのだが。
それでも俺はあのモンスターハウスを相手にして死ぬ気は微塵もしなかったのだ。

クエスト報告後は、俺の初Bランククエスト達成を祝して宴会をすることになった。
そう提案してきたのはラルで、何故か宴会の料理人に俺が任命されてしまった。
まぁ別にいいんだけどな。
《料理人》のスキルはまだ取れてなかったので俺としても嬉しかったりする。
でも宴会をするならあいつらも呼びたいな。
納品物を譲ってくれてなきゃそもそもこの宴会がされることはないわけだし。
それに窮地を一緒に乗り切った仲だ。
そう思った俺は『レッドウルフ』に向かった。
『レッドウルフ』の扉を開けると、何人かに鋭い目つきで睨《にら》まれた。
ギルド内を見回すと、アギトが頰杖を突きながら椅子に座っているのを見つけた。
「よう、アギト」

「あ？」

話しかけると、アギトはめちゃくちゃ嫌そうな顔をしていた。

「これからウチのギルドで宴会をするんだが、一緒にどうだ？」

「何言ってんだテメェ。こっちはお前との戦いに負けてんだぞ。宴会なんてやる気分じゃねーよ」

「いや、お前が納品物を譲ってくれなきゃ俺は負けてたさ。それに俺たちは窮地を一緒に乗り切った仲、もう友達と言っても過言ではないはずだ」

「……くだらねぇ。いかねーよ。それに俺がお前に譲ったのは先にお前が俺に勝ちを譲ったからだ」

「まったく、素直じゃない奴だ」

「ふざけたことぬかしてるとぶっ殺すぞ」

うーむ……これはアギトを説得するのは無理そうだな。

俺はギルドの中を再び見回す。

お、いたいた。

「カリーナさん、お疲れ様です」

俺はアギトのもとを離れ、カリーナさんに近づいた。

「あ、リヴェル君だ。お疲れ～。それよりどうしたの？」

「実はこれからウチのギルドで宴会をする予定なんですけど、カリーナさんたちも来てくれたなーと思いまして」

「おお、いいね。最後は競合とか関係なく協力してたもんね。是非行かせてもらうよ」

「いやー、嬉しいです。……あ、それとアギトにも来てもらいたいんですけど、なんとかして来させることとって出来ませんかね？」

「ふふ、こちらこそアギトを気にかけてくれて嬉しいよ。何としてでも連れていくね」

「ありがとうございます！」

よし、これでアギトもきっと来てくれるはずだ。

くっくっく……計画通り。

＊＊＊

よし、宴会用の料理が出来上がったぞ。

あとはアギトたちが来てくれるのを待つだけだ。

そう思っていたとき、ギルドの扉が開いた。

「やあリヴェル君、ちゃんと連れてきたよ」

現れたのはカリーナさんだ。

その横には不機嫌そうなアギト、後ろにはパーティにいた二人がいた。

まるでアギトの顔には、なんで俺がこんなところに来なきゃいけねーんだよ、と書いてあるかのようだった。

「ありがとうございます。今日の料理は腕によりをかけて作ったので是非召し上がっていってください」

「ええー！　リヴェル君は料理まで出来ちゃうの？　……ちょっと完璧すぎない？」

「そんなことないですよ。昔から料理を作る場面が多くて慣れてるだけです」

「飯なんて食えればどれも変わんねーよ。食ったらとっとと帰らせてもらうからな」

「おう。多めに作ったから腹一杯食って行ってくれ」

さて、無事アギトが来てくれたようだしみんなを呼んでこよう。

「……俺たち影薄くないか？」

「バカ、そんなことねーよ……たぶん」

後ろの二人がそんなことを小さな声で話し合ってるのが聞こえてきた。


ギルドのメンバーも揃い、改めて食事がスタートした。

事前にアギトたちが来ることも伝えてあったので、特に驚くことはなかった。

カリーナはすぐに場に馴染んでいた。

これもAランク冒険者としての実力なのだろうか。

……いや、関係ないか。

「カリーナさんって、あの人だったのね」

ラルが俺に話しかけてきた。

『レッドウルフ』でアギトと揉めていたときに止めてくれたのがカリーナだ。

それをラルも目撃していたので、見覚えがある顔だったのだろう。

「ああ」

「面倒見がいいんでしょうね。私、アギトって人がちゃんと来るなんて思いもしなかったもの」

「そうだな、カリーナさんは凄く優秀な人だよ。Aランク冒険者で実力も申し分ない」

「なるほど、やっぱりカリーナさんと仲良くなっておくに越したことはないわね。これから交流する機会も増えてきそうだし」

「商人っぽいな」

「ええ、商人ですから」

なんか流石だなーと思わされた。

一方、アギトは黙々と俺の作った料理を食べている。

めちゃくちゃ食べるなコイツ。

「あ、あの……アギトさん……。その料理私も食べたいなー……なんて」

「あ？」

「ひいっ！　す、すみません！」

アギトの鋭い目つきで睨まれたフィーアはペコペコと頭を下げた。

「ほら」

「……へ？」

「食えよ」

「……あ、ありがとうございます」

アギトは料理を独り占めするのではなく、ちゃんとフィーアにも分けていた。

なんだかんだアギトは優しいのかもしれない。

「リヴェル君、ありがとうね。アギトがあれだけ必死になって食べてるの初めて見たよ」

アギトが食べている様子を見ながらカリーナは言った。

「普段はあんな感じじゃないんですか？」

「うん。もっとだるそうに食べてるよ」

「あー、なんか想像出来ますね」

「リヴェル君の料理が美味しいからいっぱい食べたくなっちゃうんだろうね」

「それなら頑張った甲斐がありました」

「……てめえら何こっち見ながら話してんだ。聞こえてんだよ」

アギトはそう言って、立ち上がった。

「どうしたんだ？」

「帰るんだよ。必死になって食ってたのはとっとと帰るためだったからな」

「なるほど。それじゃまたな」

アギトは一人で帰って行ってしまった。

仕方ない。

あんな会話聞かされたら俺も恥ずかしい。

「……ごめんね、私のせいで帰っちゃったよ」

「全然そんなことはないです。カリーナさんがいなかったら、そもそもアギトは来てくれてすらいないでしょうから」

「ありがとう。あんな子だけど、これからもアギトと仲良くしてくれたら嬉しいな。ウチのギルド以外では印象悪いからさ」

「もちろんです」

アギトが長居するとは最初から思ってはいなかった。

これを機に少しずつ仲良くなっていければいいさ。

宴会はその後も続いた。

キュウはやっぱり人気者でみんなから可愛がられていた。

『あるじ……おなかいっぱい……』

キュウの腹はパンパンに膨らんでいて、苦しそうだった。

『俺の方から餌付けしすぎないように言っておくけど、キュウもちゃんと腹八分目ぐらいで食べるの止めておけよ』

『分かった……げぷ』

＊＊＊

その日の夜、俺がベッドに横になって眠りにつこうとすると、視界が歪んだ。

もしかしてこれって……。

その先を考える間もなく、俺はすぐに意識を失った。

そして俺は既視感のある何もない白い空間に立っていた。

「久しぶりですね、リヴェルさん」

「……はい、お久しぶりです。神様」

以前、アンナがマンティコアに襲われたときに手助けをしてくれた神様だ。

こうして俺を再び呼んだということは、またアンナに危険が迫っているのかもしれない。

念のため覚悟しておこう。

「心配ありませんよ。アンナさんに危険は訪れていません。平和に学園生活を送っていますよ」

……杞憂だったようだ。

「そうでしたか、良かったです……」

ホッと一安心すると、俺はこの前助けてもらったお礼を言っていなかったことを思い出した。

「神様の助けがなかったら、今頃アンナはこの世にいませんでした。本当にありがとうございます」

「礼には及びません。あなたの心の強さがマンティコアに打ち勝ち、アンナさんを救ったのですよ」

「そんなことないです。神様がいなければマンティコアと戦う機会すらありませんでしたから」

「ふふふ、リヴェルさんらしいですね。さて、今回リヴェルさんをお呼びしたのは一つご連絡したいことがあったからです」

「連絡？」

「はい、先ほどリヴェルさんが遭遇したダンジョンの異常事態、その原因は私です」

ダンジョンの異常事態……モンスターハウスのことか。

確かに、あの魔素の流れは自然発生したものとは到底思えなかったので、神様が原因となれば納得はいく。

「……どうして神様がそんなことを？」

「リヴェルさんのお役に立てれば、と思いまして。勝手ながら少し手助けをさせてもらいました」

「凄く役立ちましたよ。複数の魔物を相手にするときの良い特訓になりました」

「お役に立てたのなら光栄です。……ですが、それはまだほんの序の口。これからリヴェルさんを取り巻く環境は確実に変わっていきます」

「環境なら才能を貰ったときと比べればかなり変わってますよ。それでも俺の目標は変わりません」

「やはり余計な心配だったかもしれませんね。その言葉が聞けてとても安心しました。リヴェルさんが更なる成長を遂げることを期待しています」

神様がそう言うと、俺の意識は再び遠のいていき、完全な眠りについた。

＊＊＊

ルイス＝ウィンスレットは書斎で、ある報告書に目を通していた。

「リヴェルか。彼の行動には毎度驚かされるな」

フレイパーラ新人大会の優勝、短期間での異常とも言えるクエスト達成報告の数々。

そして、今回はダンジョンに出現したモンスターハウスをほとんど一人で殲滅している。

ルイスがリヴェルのことを気にかけているのには理由がある。

なにせリヴェルにBランクの地位を授けたのはルイスなのだから。

「やはり、天才という奴は分かりやすく現れてくる」

ルイスは非常に優秀な男だ。

柔軟な姿勢で物事に取り組み、その本質を見極める。

「既に実力を疑う余地などないが、一度会ってみるのが得策か。話したいこともあるしな」

＊＊＊

神様から連絡を受けて、３日が経過した。

特にこれと言って何もなく、クエストをこなしたり、鍛錬に励んだり、《英知》を使って勉強をしたりしていた。

「リヴェル、冒険者ギルド連盟から手紙が届いているぞ」

ギルドを訪れた俺にロイドさんがそう声をかけた。

「手紙？」

一体誰からだろうか。

もしかしてアンナとか？　なんて思ったりもしたけど、学園にいるアンナが俺の居場所なんて分かるはずもないので、すぐに候補から外した。

となると、誰だろうか？

まぁそんなものは中身を見れば、すぐに分かることだ。

ロイドさんから手紙を受け取り、中身を確認した俺は少し驚いた。

なにせ差出人が冒険者ギルド連盟長のルイス＝ウィンスレット卿だったのだから。

《英知》で、彼のプロフィールを調べることが出来た。

---

○ルイス＝ウィンスレット
ウィンスレット家の長男。爵位は伯爵。

元宮廷魔術師で、現在は冒険者ギルド連盟長を務めている。

---

で、その冒険者ギルド連盟長が俺と面会をしたいという話らしい……一体何事だ？

もしかしてこれが神様の言っていた環境の変化っていう奴なんだろうか。

そんなことを考えながら俺は、冒険者ギルド連盟に向かった。

冒険者ギルド連盟は中央区にある。

ダンジョンからそう遠くない場所にあるのは、フレイパーラがダンジョンを活用し、発展してきたからなのかもしれない。

冒険者ギルド連盟は赤い煉瓦《れんが》で建てられた大きな建物だった。

冒険者が頻繁に出入りしている様子はなく、それ以外の関係者の利用が多そうだった。

俺は中に入り、手紙を受付に見せた。

すると、一人の職員がやってきてルイスの部屋まで案内された。

目の前の扉を開ければ、冒険者ギルド連盟長であるルイスがいるらしい。

……少し緊張するな。

俺は軽く深呼吸をして扉を開けるのだった。

＊＊＊

「失礼します」

と言って、扉を開けると、銀髪で細身の男が足を組んで椅子に座っていた。

「そこにかけたまえ」

俺は言われた通りに男の前にある椅子に腰を掛けた。

「初めまして、リヴェル。私はルイスだ。ギルド連盟長を務めている」

「初めまして」

「さて、私は時間を無駄に使うのが嫌いだ。早速で悪いが、君をこの場に呼んだ理由を聞かせよう」

そう言って、ルイスは指をパチンと鳴らした。

ルイスの魔力の流れが変わった。

そして、その次の瞬間にルイスの背後から氷柱が俺に向かって飛んできた。

俺は炎の球を放つことで飛んできた氷柱と相殺させた。

ルイスの魔力が変わったときに身構えていたので、なんとか反応出来た。

「ほう、私と同じ《無詠唱》を取得しているのか」

ルイスの声色には少し驚きが混じっていた。

「……ちょっといきなり物騒すぎませんか？」

「すまないな。しかし君の実績を考えると、これしきの攻撃を防げなければ嘘になってしまうというものだろう？」

「つまり俺を試した、と？」

「ああ、これが最も早く君の実力を把握出来る。これを踏まえなければ私の考えは到底話すべきものではないのだよ」

《真偽判定》は何も反応なし……ということはルイスは本気でそう思っているわけか。

俺に害を与えるつもりは一切なく、ルイスからしてみれば、これはただの確認に過ぎないのだろう。

「……ではルイス卿の考えは？」

「私のことを調べてきたか。それとも知っていたか。どちらでもいいが、私は堅苦しいのは嫌いでね。気軽にルイスさんと呼んでくれたまえ」

まぁ、そういうことなら素直に従おう。

「分かりました、ルイスさん」

「うむ。それで私の考えだが――リヴェル、君をSランクに昇格させたいと思っている」

「……理由を聞かせてもらっても？」

Sランクに昇格させてくれるのは俺としても願ったり叶ったりだ。

だが、ただ実力を認めただけでSランクに昇格させるなんて到底考えられない。

何か理由があるはずなのだ。

「理由は単純明快だ。規格外の存在は表舞台に立ってこそ、最大限の活躍が出来るというもの。君のために、私のために、そして国のために、活躍してほしいと願っているのだよ」

これも《真偽判定》は反応なし。

全くと言っていいほど、ルイスは嘘をついていなかった。

「そう言って頂けるのはありがたいのですが、急にSランクに昇格させてしまえば他の冒険者からの信用を失ってしまうのでは？」

「もちろんその通りだ。だから私は君にSランクに昇格するための条件を伝える」

「条件？」

「条件は多くの人間に関わりのある大きな功績を挙げることだ。それならば誰も文句を言えるはずがない」

「……難しい条件ですが、確かにそれなら納得出来ます」

「ああ。君がその条件を満たしたとき、Sランクに上げることを約束しよう」

「ありがとうございます。それにしても随分とお優しいんですね」

「うむ。私は君を気に入ったからな。それに先ほどの非礼への詫びも兼ねている」

この人、もしかして全て計算してやったことなんじゃないか？　と思ってしまう。

ルイスとの面会はこの後に一言、二言交わして終わった。

そして、次の月になると俺はAランクに昇格していた。

＊＊＊

俺がAランク冒険者に昇格すると『テンペスト』に所属する冒険者が増え出した。

新人だけでなく、いわゆる中堅冒険者も加入するようになったのだ。

今はギルドで昼食中なのだが話しかけてくる冒険者は多い。

「リヴェルさん、随分と有名になっちゃいましたね……」

フィーアが言った。

「ああ。テンペストもかなり賑やかになったよな」

「そうですね。リヴェルさんたちには感謝しかないです」

「別に感謝することないのに。俺たちはこうなることを予想してテンペストに入ったんだからさ」

「……ほえ？」

「テンペストは大きなギルドだから評判さえ良くなれば人が来るのは当然だろ？」

「……そ、そんなことを考えていたんですね。で、でも私じゃ評判を上げることなんて到底無理そうですし、やっぱり感謝すべきです」

「真面目だな」

「違いますよ。貧乏じゃなくなったことが本当にデカいんです」

「……あぁ、なるほど」

俺は心の中でフィーアに脱貧乏おめでとう、と祝福した。

そのとき、ギルドの扉が勢いよく開いた。

扉を開けたのは図体《ずうたい》のでかい男だった。

背中には大きなハンマーを背負っている。

男が中に入ると、後ろから3人の男が順番に入ってきた。

彼らにギルド内の視線が一斉に集まり、ざわざわと話し声が聞こえてきた。

「あいつってBランク冒険者のグストンだろ？」

「ああ、あの背中に背負っているハンマーとあの体格を見れば間違いねえよ」

どうやらあの図体のでかい男はBランク冒険者のようだった。

彼らはギルド内の視線を一切気にすることなく辺りをジーっと見回した。

グストンは俺と目が合うと、ニヤリと笑ってこちらに向かってくる。

「お前がリヴェルか？」

グストンは俺の前に立つなりそう言った。

「そうだったら？」

「だったら笑いもんだぜ。こんな弱そうな奴がAランクとはなぁ！　ガッハッハ！　どう見ても俺様の方が強いに決まってるぜ。なぁお前ら」

そう言って彼らはゲラゲラと笑い出した。

やはりこいつらはパーティのようだ。

それにしてもグストンは図体だけでなく態度もでかいみたいだ。

「ちょ、ちょっと貴方たち！　ギルド内でそういった言動は慎んでください！」

受付からエレノアさんが飛び出してきて、男たちを注意した。

流石エレノアさんだ。

一方、フィーアを見るとガクガクと怖そうに震えていた。

「あぁん？　知らねえなぁ。不正ギルドにそんなことを言われる筋合いはねぇ」

「不正ギルドって貴方、言っていいことと悪いことがありますよ！」

「ハッ、何も間違ったことは言ってねーんだぜ？　こんな奴がこれだけ早くAランクに上がるなんてありえねえんだわ」

なるほど、俺のAランク昇格に不満を持つ輩もいるわけか。

まぁそりゃそうだよな。

俺も驚いてルイスに理由を尋ねにいくと、

「リヴェルはAランクに昇格してもいいだけの功績は挙げており、Sランクに昇格するための条件に説得力を持たせるためにAランクに昇格させた」

ということだった。

確かにこれは周りから見れば何か不正があったのではないかと疑われるのも無理はないだろう。

「発言を撤回しなさい」

「エレノアさん、大丈夫ですよ」

「リ、リヴェルさん……」

俺は立ち上がり、グストンの前に出る。

「お、なんだ？　自分の不正を認める気になったか？」

「要は実力を示せばいいだけだろ」

俺は魔力を操作し、グストンの前で少量の火魔法を用いてほんの僅かな爆発を起こした。

ポンッ！

「どわぁ!?」

グストンは驚いて、尻餅をついた。

ギルドに笑いが巻き起こる。

「て、てめぇ……よくもやってくれたな……！」

グストンと後ろの３人は俺を睨み付けた。

「Ａランクである実力を示しただけだが？　お前を驚かすためだけの小さな爆発を起こすには、かなりの技術がなければならない。それに詠唱がないことから《無詠唱》のスキルを所持していることも分かるはずだ」

俺がそう言うと、グストンは途端にニヤニヤとした下衆《げす》な笑みを浮かべた。

「わりーな、そんな小手先の技術を見せられても実力は分からねーんだわ。お前が本当に実力を示す気があるなら俺たちと勝負しようや」

「「「へっへっへ……」」」

あー、なるほど。

最初から４人は俺と戦いがしたかったようだ。

それも１対１ではなく、４対１の戦いを。

「それならギルドの奥に闘技場がある。付いてきてくれ」

「ああ、ぜひそうさせてもらうぜ……」

俺たちが闘技場に移動を始めると、

「なんか面白そうだな！」

「喧嘩だ喧嘩だ！」

「リヴェルの戦うところが見られるぞ！」

ギルド内は何故か盛り上がっていた。

その証拠に闘技場でグストンたちと向かい合わせになったとき、客席にはギャラリーが何人もやってきていた。

「リヴェルはAランクで俺たちよりも強いことは明らかだからよ、4対1ぐらいが丁度良いよな？」

グストンが言った。

人を陥れることを優先しているセコい考え方だ。

「問題ない」

「あと武器はお互いの持つ武器を使うことにしよう。なに、リヴェルは魔法が得意なんだ。怪我をしても自分で回復すればいいよな？」

「それで良いと思えるのは愚かすぎないか？」

「んん？　なんだ？　Aランクのくせに逃げるのか？」

「いや、お前の考えが愚かだと思っただけさ。別にそれで構わない」

「へっへっへ、かっこいいねえ」

こいつらは最悪殺してしまっても良いと思っているのだろう。

もしくは殺すことが目的なのかもしれない。

そうでなくとも重傷を負わせたいのは間違いなさそうだ。

「おい、てめーら！　きたねーぞ！」

「正々堂々戦え！」

観客席からヤジが飛ぶが、本人たちが気にする様子は一切ない。

「それじゃあリヴェル、始めようかぁ！」

グストンがそう言うと、４人は一斉に襲いかかってきた。

……俺の返事ぐらい聞いたらどうなんだろうか。

襲いかかってくるグストンたちを冷静に見つめる。

複数の敵を相手にするコツはモンスターハウスで学んだ。

「オラ、死ね！」

グストンのハンマーが地面にドスンと叩き落とされた。

避けていなかったら、タダじゃ済まない一撃だ。

「ほらほら！」

「逃げてばっかじゃ！」

「勝てねえんだよ！」

グストン以外の３人も絶え間なく、違う角度と方向から攻撃を仕掛けてくる。

一切の遠慮がないな。

それに魔物と違って、奴らの攻撃には考えが含まれていることに気付いた。

もちろん魔物にも考えはあるが、連携をしようとする意思があまりない。

ただひたすらに急所を狙ってくるような動き。

「……ふふ」

最初は単なる面倒ごとだと思っていたが、案外良い特訓かもしれない。

モンスターハウスのときは《領域》を使用していたが、今度は使用せずに挑むとしよう。

「な、なに笑ってやがる！」

笑ってる？

……笑ってるのか俺。

それじゃあまるで頭がおかしい人みたいに思われてしまいそうだ。

顔を引き締めよう。

表情筋に力を入れるんだ。

「わ、笑っていられるのも今のうちだ！　とっととやっちまえ！」

「「「おう！」」」

そう意気込んで、４人は攻撃を続ける。

ふむふむ、少し余裕があると色々と視野が広がるな。

こいつらが何を考えて、どこを狙っているのか、なんとなく分かる。

……でもやっぱり余裕の状態での特訓は効率が悪い。

余裕なのだから勝てて当たり前。

特定の状況下、例えば自分が危機に陥ったときに勝てるかどうかが大切なのではないだろうか。

ならばその状況を作ってしまえばいい。

俺は背後から一人が剣で斬り込んできたのを察知し、わざと攻撃を食らった。

左肩から血が流れ、観客から悲鳴の声があがる。

くっ……流石に分かっていても痛いな。

「へっへっへ、ついに一発食らっちまったなぁ？　体力が切れてきたか？」

グストンに続くように取り巻きの３人はニヤニヤと笑う。

ふと、観客席にぽつんとフィーアが座っているところが見えた。

不安そうな表情でこちらを見ている。

……あ、この状況、俺的には特訓でしかないけど、周りから見たら結構ピンチに見えるんじゃないか？

うわ、絶対そうだ。

フィーア、絶対に心配してるじゃん！

……やってしまった。

周りのことを考えずに、また強くなることを優先してしまった。

いやー、マジでこれ悪い癖だな……。

「どうだ？　これから死ぬのが怖くて何も言えなくなっちまったか？」

グストンは俺を馬鹿にするのが楽しくてたまらない様子だ。

「いや……自分の愚かさに呆れていたところだ」

「くっくっく、まぁそうだよな。愚かにもお前は不正をしてAランクに上がり、ここで死ぬんだからなぁ！」

俺が負傷したこのタイミングでグストンは勝負を仕掛ける気だ。

グストンの魔力が活性化されている。

「くらえ《水槌・鯨乱打》」

ハンマーから水が俺の顔面目掛けて勢い良く噴出される。

「ははは！　これでもう避けられまい！」

勝利を確信したのか、グストンは笑い声をあげながら何度もハンマーを打ち付けてきた。

なるほど、噴出する水で視界を潰し、攻撃を回避出来なくなったところにハンマーを叩き込む。

汚いやり方を好むグストンらしいスキルを取得しているようだ。

「まぁ避けられないことはないいんだけどな」

俺は目を閉じたまま、グストンの攻撃を避け切った。

「は、はぁ!?　なんでお前避けられるんだよ！　目閉じてるじゃねーか！」

目を閉じて避けられたのは《領域》を使ったからだ。

《領域》で感知した敵の動きを避けるすべはモンスターハウスでの戦いの中で学んだ。

モンスターハウスでは《領域》を利用した回避を覚えなければ視界外から襲いかかる攻撃を避けられなかった。

「さあな、俺がAランクの冒険者だからじゃないか？」

説明するのも面倒だし、こう言っておけばいいだろう。

「こ、このヤロォ～！」

悔しそうに顔を歪めるグストンが目に浮かぶ。

さて、もう特訓することはない。

さっさと終わらせよう。

「《剛ノ剣》」

一度の《剛ノ剣》の発動で俺は４人の武器を続けざまに破壊した。

力を抑えることによって、《剛ノ剣》を一振りだけでなく次の振りにも繋げることが出来るのだ。

「い、一瞬で俺たちの武器を破壊しやがった……」

「分かったか？　これが俺の実力だ。分からないようならまだ付き合ってあげられるけど」

「「「「ひ、ひぃ!?　ごめんなさぃぃ！　許してくださいいいいぃ！」

グストンたちはそう言って、闘技場から逃亡して行った。

武器のない４人にもう勝ち目はないので、俺もグストンたちと同じ立場なら逃げ出すかもしれない。

……いや、そもそもグストンたちの立場ならこんなくだらない喧嘩売らないか。

「いててっ……そういえば肩怪我してるんだった」

右手で左肩の傷口をおさえながら俺は回復魔法をかけた。

傷を癒して闘技場から出ると、そこにはフィーアが涙を浮かべながら待っていた。

「……リヴェルさん、どうして早く倒さなかったんですか」

震えた声でフィーアは言った。

「……えっ」

俺は何故かフィーアの表情を見て、一瞬アンナの泣き顔を思い出した。

「……あー、それはだなぁ……ちょっと特訓になるかなーって」

「何考えてるんですか！　もしリヴェルさんが死んじゃったらどうしようって凄く心配になったんですよ！」

「……ごめん」

「もう～！　リヴェルさんならすぐ倒すって思ってたら怪我しますし！　……ほ、本当に心配したんですからね……」

フィーアの目から大粒の涙が溢れた。

「ごめん……いつも心配かけるようなことばかりして」

「～っ！　いや、本当ですよ！　リヴェルさんは馬鹿です！　大馬鹿です！　何度も反省してるのに全然分かってませんよね！　そういうこと以外はすぐに覚えちゃうのにどうして、こういうこ

とだけは全然覚えられないんですか！」

「はい……おっしゃる通りです……」

「もう……！　……あ、そういえば肩の怪我は大丈夫ですか？」

「ああ、回復魔法でほぼ治してある」

「相変わらずですね……じゃあもう言いたいことは言いました。今日は一応怪我したんですからゆっくりしててくださいね」

「分かった。そうするよ」

フィーアにまた心配をかけられないので、俺は宿の部屋に帰ってきた。

ベッドに腰をおろして、先ほどのことを少し振り返る。

「何度も反省してるのに全然分かってない、か」

実を言うと俺は今日の件もどこかでこうなることを理解していた。

その証拠に俺は怪我をしたとき、観客席を見回した。

観客席に俺の仲間がいなければ、このまま特訓を続行しようと思っていたからだ。

もしいたら、その時点で戦いを終わらせようと思っていた。

「自分でも気味が悪いぐらい強さに固執しているな」

何故強くなりたいのか？　と聞かれれば俺は「アンナのため」と即答出来る。

そう、アンナのためなら俺は世界最強にだってなれる自信がある。

そのうえで俺は思うのだ。

【努力】の才能で世界最強になるには狂っていなければいけない、と。

「……それにしてもフィーアを見てアンナを思い出すとはな」

フィーアの不安そうな顔がアンナの不安そうな顔と似ていたのかもしれない。

……全く困ったもんだ。

「――英傑学園入学まで少し長いな」

# 第六話　魔物の大群と赤竜騎士団

――Aランクに昇格してから1年が過ぎた。

1年の間でクルトはBランクに、フィーアとアギトはAランクに昇格した。

まさかフィーアがクルトのランクを越してしまうとは……という感じだが、実力はクルトの方が上だ。

クルトは冒険者という仕事に全くと言っていいほど興味がない。

「冒険者をやるのは英傑学園に入学するまでだからね。実績を残すことよりも魔法の探求に時間を使う方が有意義さ」

と、クルトは言っており、相変わらず魔法にしか興味がないようだ。

しかし、その熱意は凄まじく、最近では古代魔法を少しずつ物にしてきている。

俺からの説明だけでよく理解出来るよな。

流石は【賢者】の才能を持つだけはある。

クルトは間違いなく同年代でトップクラスの実力を持っているだろう。

だが、そういうわけでクルトはフィーアやアギトに冒険者ランクを抜かれてしまっていた。

そしてキュウは成長して少し大きくなった。

「キュゥ?」

キュウは今も俺の頭に乗っている。

だが、キュウのサイズは俺の頭よりも大きく、乗らない方が楽なんじゃないか? って思うぐらいだ。

結構重いので、キュウを頭に乗せているだけで首回りの筋トレが出来てしまう。

正直、ありがたい。

それで俺はと言うと、この1年間でそれなりの活躍は出来た気がする。

例えば、フレイパーラから少し離れた火山地帯にある村を襲うAランクモンスター、火竜を洗脳から解放したり。

実は火竜を操って悪さをしていた火の精霊イフリートを討伐したり。

港で漁師たちに恐れられていた巨大な海蛇リヴァイアサンを討伐したり。

……とまぁ色々とクエストが回されるようになったので、片っ端から達成していった。

しかし、未だにSランクには昇格出来ていない。

ルイスが示したSランクに昇格する条件は、多くの人間に関わりのある大きな功績を挙げること。

つまり多くの人たちに認められる存在になればいいと思っていたのだが、それだけでは難しいようだ。

現在、現役のSランク冒険者は世界に12名しか存在しない。

その中の一人が『レッドウルフ』に在籍しているシドさんだ。

彼はフレイパーラのダンジョン１００階層までの地図を作成するという偉業を成し遂げ、Ｓランクに昇格したそうだ。

英傑学園の入学試験まで残り2年を切った。

そろそろＳランクに上がって、《英知》では知ることの出来ない情報を手に入れなければならない。

そう思っていた矢先、ルイスから連絡があった。

俺は冒険者ギルド連盟に向かい、ルイスと対面する。

「久しぶりだな、リヴェル」

「はい、リヴァイアサン討伐のとき以来ですね」

リヴァイアサン討伐は確か1ヶ月ぐらい前だったかな。

ルイスには色々気にかけてもらっており、大きなクエストを達成する度によく話をする。

「さて、今日お前を呼んだのはある情報を知らせたくてな」

「ある情報？」

「先日、テオリヤ王国の辺境都市の一つが魔物の大群によって滅ぼされた。これはまだフレイパーラで公表されていない情報だ」

「辺境都市が滅ぼされた……？　恐ろしいですね、都市一つが滅ぶほどの規模の魔物の大群ということですか……」

「ああ。そして更に恐ろしいことにその魔物の大群は、王都に向かって進行を続けているそうだ」

「……それって何か妙じゃないですか？」

俺はルイスの言葉に違和感を覚えた。

「ほう。言ってみろ」

「魔物が王都に向かって進行する、なんて魔物が取る行動とは思えません。都市一つ滅ぼしただけで終わるならまだしも……」

「確かにな。俺もそう思うところがあって、色々と調べてもらっている。だが、この問題を解決するには魔物の大群を何とかせねばならん。そこで今日の夕刻から魔物の大群を始末するために全冒険者ギルドへ定員無制限の緊急クエストを依頼する」

「……なるほど、俺が呼び出されたのはそういうことですか」

「ああ。ついにお前をSランクに上げる機会がやってきたわけだ」

魔物の大群が王都に向かって進行しているとなると、多くの都市や村が被害を受けることになる。

大群の始末は一刻を争う。

「もしかしたら俺、そんなに活躍出来ないかもしれませんよ？」

「お前がか？　笑わせるな。活躍しないわけがないだろう。なにせ大群の討伐隊は騎士団と冒険者によって結成される。お前の好きな子も参加するだろうさ」

「え、アンナが？」

ルイスとはこの1年で友好的な関係を築いており、俺が強くなりたい理由も知っている。

だからこのように、アンナについての近況をルイスから度々教えてもらっていた。

「お前が好きな子の前で頑張らないはずがない。まぁ討伐隊に参加する人数は騎士、冒険者共にかなりの数になるはずだ。会えるかどうかはお前の運次第ってところだな」

「……もしかして、ルイスさんが今日呼んでくれたのってアンナのことを知らせてくれるためでした？」

「ああ。やる気になっただろう？」

「はい、ありがとうございます！」

「くっくっく、その子のことになるとお前は本当に単純だな」

「……ええ、そんなに単純ですか？」

「見ていて面白いほどにな。だけど、それがお前の強さの源なんだということも伝わってくる」

うーん、否定出来ない。

「とにかくお前には期待している。この機会にお前の才能を世界に知らしめてやれ」

そして、ルイスとの面会を終えた俺はテンペストに戻り、緊急クエストの連絡を待つことにした。

……しかし、アンナが参加するのか。

ルイスの話によると、学園でかなりの成績を収めているみたいだけど、元気にしてるのだろうか。

もう1年以上会ってないが、運が良ければアンナに会える。

いかん、いかん。

そんなことを考えていたら満足いく結果を残せないかもしれないな。

ちゃんと集中してクエストに臨もう――と、思っていても俺は少しだけワクワクしてしまうのだった。

＊＊＊

魔物の大群によって都市が一つ滅ぼされた事実が公表され、瞬く間にフレイパーラ中に知れ渡った。

そして貼り出された定員無制限の緊急クエストに多くの冒険者が参加するらしい。

命の危険には晒《さら》されるが、それ以上に報酬と名誉を選ぶ冒険者が多いようだ。

俺も受けるつもりで依頼書を眺めているのだが、その横でフィーアはガクガクと震えていた。

「まっ、ま、魔物の大群に都市が一つ滅ぼされたって……これめちゃくちゃまずくないですか……？」

『だいじょぶ！　キュウも同じぐらい強い！』

キュウは《念話》でフィーアに話しかけた。

みんなもキュウに慣れてきたので《念話》で会話しても問題ないだろうと思い、解禁したのだ。

最初はみんな驚いたが、すぐに「リヴェルの従魔だから、別に驚くこともないよね」と納得された。

明らかに納得出来る理由になっていないのに……。

「キュウちゃん……ありがとうございます。でもキュウちゃんは危ないからお留守番しててくださいね」

『ガーン！』

キュウは口をポカーンと大きく開けて、ショックを受けている様子だった。

『今回こそはあるじと一緒に戦えると思ったのに……！』

「もう少しキュウが成長したら一緒に戦おうな」

シクシクと涙を流して、キュウは頷いた。

良い子だ。

「……でもキュウちゃんのおかげで決心がつきました。私、このクエスト受けます」

フィーアは依頼書を握り締めた。

「さっきまで怯えていたのに大丈夫なのか？」

「ま、まぁ怯えるのはいつものことですから……」

「そうだけどさ、今回は結構危ないクエストだし無理しなくていいんだぞ」

「い、いえ！　大丈夫です！　今までだって何とか乗り切ってこられましたし、それに私はAランクですからね！　ちゃんと参加して役に立たないとっ！」

「……まさかフィーアがそんなことを言うとは」

「ちょ、ちょっと何驚いているんですか！　失礼ですよ、リヴェルさん！」

「ハハハ、ごめんな。でも出会ったばかりの頃に比べれば本当に強くなってるんだなって思って」

「そりゃそうですよ。私も頑張って特訓しているんですから」

フィーアはエッヘン、と言わんばかりに胸を張った。

「それもあるけど、最初はもっと怯えてばかりだったろ？」

「……言われてみればそうかもしれませんね」

「でも今はちゃんと向き合えてる。凄いことだよ」

「あ、あの……褒めても何も出ませんからね」

「いや、単純に成長しているんだなーって思ったからさ」

「成長ですか……。そうですね、背ももう少し成長してくれれば嬉しいんですが……」

もともと同年代と比べて小柄なフィーアだが、1年経っても変わらないまま。

それをフィーアは気にしているようだ。

「別にいいんじゃないか？　小さい方が攻撃も避けやすいだろうし」

「ま、まぁそうかもしれませんけど……」

「それに小さい方がフィーアらしさがある」

「なっ！　それは完全に馬鹿にしてますよねっ！」

「馬鹿にしてないよ。小さい方が可愛らしくて、そのウサミミが似合ってるんだって」

「か、かわっ!?」

フィーアは顔を赤くした。

……そういえばフィーアは可愛いという言葉に弱いんだった。

失言だったか。

「とりあえず俺もクエスト受けるから一緒に頑張ろうな」

そう言って俺は逃げるようにギルドを去った。


そして、その晩。

俺はクルトの部屋を訪れた。

「やぁリヴェル、よく来たね」

「ああ、クルトにどうしても頼みたいことがあってな」

「頼み？　いいよ。古代魔法について色々教えてもらっているお礼だ。なんでも聞くよ」

「助かる。まずは一つ聞きたいんだが、クルトは今日ギルドから出された緊急クエストについて知ってるか？」

「もちろん。一応僕も参加する予定だよ。的が多いと魔法を試すのに困らないからね」

多くの冒険者は報酬のため、名誉のため、国のため、それらが目的になっているがクルトは違った。

純粋にただ魔法の実践のためだけに参加している。

こいつは本当に魔法への興味が尽きないようだ。

だからこそ、クルトは強い。

「ハハハ、それでこそクルトだな。――俺はこの緊急クエスト、本気で挑もうと思っている」

「へぇ、リヴェルの本気か。それは興味深いね」

「クルトには俺が本気を出すための手助けをしてほしいんだ。周りの冒険者、そして俺たちの仲間を守ってやってほしい」

「……なるほどね、でもみんなを守るってなると少し不安だな」

「大丈夫だ。不安なだけで出来ないとは言ってないからな。実際、出来ないとは思わないだろ？」

「ふふ、まあね。……でも少し残念だ」

「残念？」

「リヴェルの本気を間近で見られないのは残念で仕方ないよ」

クルトは笑いながらため息を吐いて、両手を広げた。

「でも本気を出すと言ってもクルトとそこまで実力差はないと思うぞ」

俺は笑いながら言った。

「そんなわけないよ。なにせ今のリヴェルの実力は僕の物差しでは測れないからね」

「……さぁ、どうだろうな」

「否定しないところが素晴らしいよ。だからこそ余計に残念だ。でもリヴェルからの頼みだ。しっかり守ってみせるよ」

「ありがとう」

俺は心からクルトに感謝を告げた。

……しかし、クルトの言っていることは当たっている。

この1年間、強くなるための努力は惜しまずにやってきた。

そのおかげでフレイパーラに来た頃に比べれば、かなり強くなれたと思う。

大会でクルトと戦ったとき、クルトと俺の実力はほとんど拮抗《きっこう》していた。

10回戦えば5回勝って5回負けてもおかしくない。

だが今は正直、1回も負ける気がしない。

《仙眠法》で夜も活動出来る俺は、こっそりとフレイパーラを抜け出して《空歩》を使って上空へ浮かんだ。

そして遥か遠くで蠢《うごめ》く黒い塊を見た。

あれが俺たち冒険者と騎士団が一緒になって戦う魔物の大群。

……これでSランクへ昇格する準備は整った。

後は思う存分暴れるだけだ。

「俺の本気をどれだけぶつけられるか——楽しみだ」

＊＊＊

魔物の大群との決戦の舞台になるのは、ヘリミア村近くにある平原だ。

冒険者と騎士団はそれぞれ独立している。

左翼に騎士団、右翼に冒険者という風に分けられている。

冒険者陣営を指揮する者はルイスだ。

細かいことは全てルイスが何とかしてくれるだろう。

俺はただ魔物を蹴散らせばいい。

俺たちは冒険者陣営の最前列で待機しているところだ。

クルトは呑気《のんき》に魔導書を読み、フィーアは震えながら手の平に人の文字を書いて飲み込んでいる。

「大丈夫か？」

「ふ、ふふ……リ、リヴェルさん、な、何を言い出すかと思えば、そ、そんなことですか。わ、わ、私はこの、この通り、お、落ち着いていますよ……」

「かなり震えているみたいだけど？」

「い、嫌だなぁ……武者震いってやつですよ……」

「嘘つけ！」

フィーアは、とんでもないぐらいにビビりまくっていた。

確かに命を落とすかもしれない戦いだ。

それぐらい怯えてしまうのも仕方ない。

……でもまぁ、きっと武器を手にしたら落ち着くんだろうけど。

人の文字を書いて飲み込むより、銃を手に取った方が格段に効果があることだろう。

「うっせえな。お前ら静かにしてろ」

近くの岩に寄りかかって目を瞑《つぶ》っていたアギトから苦情がきた。

「ア、アギトさん……なんでこんなときに寝ていられるんですか……」

「寝てねーよ」

「アギトは昔からどこでも寝られるんだよね」

カリーナが岩の陰からひょこっと出てきた。

「やっぱり寝ているんですね……」

「だから寝てねぇって」

この1年でアギトは段々と怒らなくなってきた。

心境に変化があったのか、それとも怒ることに疲れたのか。

とりあえずフィーアがアギトに対して昔よりも怯えることがなくなったことだけは確かだ。

その証拠に今も自然に会話をしている。

「アギトはご飯食べている最中に寝たりするぐらいだよ。この場面で寝ないわけないよね」

「えぇ……凄いですね。じゃあ今も話している最中に寝てたりとか……？」

アギトの眉間に段々とシワが寄せられていく。

「十分ありえるね」

「え、いや、でもまさか、そんな……」

「だから寝てねぇって言ってんだろうが！」

我慢の限界をむかえたようだった。

アギトは目を開け、二人に向かって怒鳴った。

「ご、ごめんなさいぃぃぃ！」

すぐさまフィーアは頭を下げて謝罪する。

流石のアギトもからかわれるのは我慢出来ないようだ。

たぶんフィーアはからかっているつもりはないんだろうけども。

「あ、起きた」

「いつまでからかってんだお前」

「てへ」

カリーナが片目を閉じて舌を出すもアギトはため息を吐いて何も答えない。

そして、そのままアギトは俺の方へ向かってきた。

「そろそろ戦いは始まるみてーだが、お前には絶対負けねぇからな」

威嚇するようにアギトは低い声で言い放った。

この宣言は毎度お馴染みだった。

事あるごとにアギトが俺に戦いを挑んでくるのは1年経っても変わらない。

……ん、そろそろか。

俺がそう思ったタイミングでクルトはパタンと読んでいた魔導書を閉じた。

そのままクルトは立ち上がり身体を上に伸ばして、首を上下左右に傾ける。

大気中の僅かな変化、それにこの場で気付けた者は見た限り俺とクルトだけのようだった。

しばらくすると、地平線の先に魔物の大群が見え始めた。

冒険者たちは武器を構えて、戦闘に備える。

「よっしゃあ、いっちょやったるぜぇ！」

「魔物ぐらい俺たちが蹴散らしてやる！」

周囲の冒険者たちは皆、意気込んでいる。

ここは前線で冒険者の中でもやる気に満ち溢れている者が多い。

「俺はてめぇより大きな戦果を挙げてやる」

アギトは剣を構えて、俺にそう宣言した。

「期待してる」

アギトがこうやってライバル心を燃やしてくれているのは正直ありがたい。

俺も負けられないと思えるからな。

「……お、おい……なんだありゃ……」

「マジかよ……あんな化物が交じってんのかよ……」

さっきまで意気込んでいた冒険者たちの雰囲気が一変する。

なるほど、魔物の中には強敵も複数いるようだ。

正面の魔物の中で大きな存在感を示すのはマンティコア。

1年前に苦戦したSランクの強敵だ。

「マンティコアなんて俺たち殺されちまう……！」

「流石にあれには敵《かな》わねぇ……どうすりゃいいんだ……」

マンティコアの存在で冒険者たちの士気はかなり下がっている。

……さて、そろそろ良い頃合いか。

「クルト、頼んだぞ」

「ああ、分かっているよ」

クルトには皆を守ってもらえるように頼んである。

だからこそ魔物を蹂躙《じゅうりん》することに集中が出来る。

そして俺は次の瞬間に冒険者たちの中から抜け出し、魔物に向かって駆け出した。

すると、マンティコアも同じく口からヨダレを垂らしながら荒々しく向かってくる。

俺を獲物だと思っているようだ。

「悪いな」

《剛ノ剣》を使用し、マンティコアの首を出会い頭に斬り落とす。

《剛ノ剣・改》を使う必要はないとすぐに分かった。

何故なら今の俺にマンティコアは脅威の対象ではなかったからだ。

「魔物の群勢の中で最も大きな魔力を発しているのは中心のようだな」

中心に行けば、この魔物たちを操っている奴がいるのだろうか。

「行ってみれば分かることか」

俺は一人で納得し、魔物を斬り倒しながら群れの中を進んでいくのだった。

＊＊＊

「お、おい！　アイツ、一人で飛び出して行きやがったぞ！」

リヴェルが駆け出して行くのを見た冒険者たちは驚き、戸惑っていた。

「アイツはAランクのリヴェルじゃねーのか!?」

「Aランクでも無茶だ！　なにせ敵にはSランクのマンティコアがいるんだぞ!?」

一緒に付いて行こうにも前にはマンティコアがいて中々足が動かない。

それに加え、リヴェルの移動速度に追いつける自信のある冒険者は誰もいなかった。

当然、マンティコアは慎重に対処しなければいけないと思うのが一般的な考えだ。

だからこそ冒険者たちは自分の目を疑うことになる。

目の前にいる規格外の存在に。

マンティコアがリヴェルと対峙した瞬間、絶命する。

マンティコアの首は斬り落とされた。

そして平然と先に進んでいくリヴェル。

圧倒的な捕食者であるマンティコアが被捕食者へと回っていた。

「なっ……！」

「マンティコアをたった一瞬で倒しちまいやがった……」

「ま、負けてられねぇ！」

「「「うおおおおおおおお！」」」

マンティコアが倒され、冒険者たちは雄叫びをあげて魔物に向かって走り出した。

たった一人の少年が冒険者全体の士気を上げたのだ。

「リヴェルさん!?　また一人で無茶してますよ!?」

「わー、流石リヴェル君だねー。あのマンティコアを一瞬で倒しちゃったよ」

慌てるフィーアに呑気に笑うカリーナ。

「あの野郎ォ……抜け駆けしやがって」

リヴェルがまた自分より前に進もうとしているのが許せなかったアギトは、負けじと魔物に向かって駆け出した。

「ア、アギトさんも行っちゃいました」

「まぁそうなるよね。他の冒険者も行っちゃったし」

「これは私たちも行くべきですよね……」

「怖いかい？」

クルトはフィーアに優しく問う。

「そりゃ怖いですけど……でも私は大丈夫です」

「僕もそう思うよ。フィーアは強いんだからさ」

「……はい！」

「それじゃあ私たちも行こうか」

少し遅れてフィーア、クルト、カリーナもリヴェルの後を追い始めた。

＊＊＊

騎士団側でもリヴェルの活躍には騒然としていた。

「おいおい、ありゃマンティコアだよな？　一人で倒しちまってるぞ？」

赤を基調とした鎧を身に包み、灰色の髪をした男が額に手を水平に置き、ひさしを作っていた。

「マンティコアって言えばウチにも討伐している奴がいたな」

灰色の髪の男の視線の先にいたのは、アンナだった。

「……あ、私ですか？」

視線に気付いたアンナは自分の顔に人差し指を向ける。

それに灰色の髪の男は大きく頷いた。

「お前も負けてられないな～。遠くだから少し分かりにくいけどよ、多分歳はお前と変わらないぐらいだぞ？」

男の発言を聞いたアンナはハッ、と何かに気付いたようだった。

「それなら私も戦って来ます！」

「いやいや、待て待て」

「それじゃあ行ってきます！」

「おーい、人の話を聞けー」

男の声は、もう止められないと諦めているようだった。

アンナは近くで待機していた赤色の竜のもとに駆け寄る。

Aランクに指定されている魔物、火竜だ。

野生の竜と誤認されないように竜鎧を装備している。

これは【竜騎士】の才能を持つ者でも驚異的な速さであった。

アンナは【竜騎士】の才能を貰ってからわずか1年で既に竜を手懐《てなず》けていた。

その高い実力を買われて、アンナは英傑学園の生徒でありながらテオリヤ王国の騎士団の内の一つである『赤竜騎士団』に所属している。

しかし、まだ英傑学園の生徒であるため『赤竜騎士団』の鎧は身に着けず、英傑学園の制服を着用していた。

(本当は単独行動って駄目なんだろうけど、リヴェルが頑張ってるんだから私も頑張らなきゃねっ！　……まぁ、後で怒られるのは覚悟しないとね)

リヴェルに会いたい気持ちももちろんあったが、それよりも負けていられないという気持ちの方が強かった。

自分が負けず嫌いだということ。

それはアンナが英傑学園に入ってから初めて気付いたことだった。

「さぁ飛ぶよ！　フェル！」

フェルと呼ばれた火竜は静かに頷き、翼を広げ、飛翔した。

それを見た灰色の髪の男はため息を漏らした。

「やれやれ、こういうお転婆なところは少々骨が折れるな」

「良いのですか？　団長」

アンナの行動を近くで見ていた騎士が灰色の髪の男の言葉に返事をした。

「ま、良いんじゃねーか？　どちらにしろ冒険者共が突っ込んで行ってんだ。俺たちも結局のところ前線を押し上げなきゃならないからな」

灰色の髪の男——『赤竜騎士団』の団長は面倒そうに欠伸《あくび》をした。

＊＊＊

次々と襲いかかる魔物を倒して、俺は群れの中を突き進んでいく。

しかし、これだけの数を相手にしてちゃキリがないな。

倒しても倒しても減っている気が一切しない。

広範囲を対象にした魔法を放つのも一つの手だが、魔力は出来るだけ温存しておきたいところだ。

1年前とは比べ物にならないほどに魔力は増えたが、この魔物の中心にいる化物の魔力もとてつもないほどの大きさだ。

マンティコアが霞んで見えるレベルだ。

間違いなく、ソイツがこの魔物の大群を率いる親玉であり、元凶だろう。

そのまま群れの中を突き進んでいくと、開けた場所に出た。

筋肉が大きく発達した身体に、頭部には2本の角が生えている人型の魔物2体が馬代わりとなって、馬車を引いていた。

あの見た目はオーガか。

「素晴らしい、ニンゲンの少年でそこまでの実力を身につけた者が現れるとは喜ばしいことですね」

馬車に乗っていた魔物は言葉が話せるようだった。

オーガに歩みを止めさせ、馬車から降りてくる。

人型で人間に似た姿をしているが、肌は紺色。

深紅の目をしており、耳、歯、爪が鋭く尖っている。

背後には翼と尻尾が見えている。

亜人種なのか？

……いや、この見た目に該当する亜人種は《英知》では見つからない。

「お前は一体何者だ？　見たところ、この魔物の大群の主といった感じだが」

「その通り。この魔物たちを操っているのは私です。しかし、一つだけ違うことがあるとすれば私は魔物ではなく、悪魔です」

「何故悪魔がこんなことを？　悪魔が一つの国を陥れようという真似をするとは思えないな」

悪魔とは良い意味でも悪い意味でも人間種と対等な存在だ。

悪魔がこうして魔物を率いて国に攻撃を仕掛けるとは考えにくい。

「その解は簡単ですよ。私とニンゲンの間で契約が交わされた。ただそれだけのことです」

「なるほど、そういうことだったのか」

「ええ、お分かり頂けましたか」

「じゃあ話は簡単だな。お前をぶっ倒せば、この魔物の大群は崩れるってわけだ」

「……フッフッフ、ニンゲン風情がこの私に勝てるとでも？」

「ああ、負ける気は全くない」

「舐められたものですね。——悪魔の恐ろしさ、存分に思い知るがいい」

＊＊＊

悪魔が右腕を上げると、手の先に黒色の球体が現れた。

膨大な魔力を含んでおり、直撃すればタダでは済まないだろう。

「さぁ、楽しませてくださいよ」

黒色の球体は破裂し、５つに飛び散った欠片《かけら》が多方向から黒い軌跡を描いて俺を襲う。

飛び散ってもなお、一つ一つの欠片はかなりの威力を持っているだろう。

それだけ元の黒い球体が内包する魔力は膨大なものだった。

「よっ――ほっ――と」

5つの黒色欠片をかわすと、悪魔はニイッと口角を吊り上げた。

5つの黒色欠片は急速に反転し、再び俺目掛けて襲う。

「なるほど、追尾してくるわけか」

「ええ、その通り。まさかあれだけの大口を叩いておいて、この程度の攻撃で終わるわけないですよね？」

いとも簡単にこれだけの魔法を扱う悪魔の技量はかなりのものだ。

……さて、どうしたものか。

まず、俺は5つの黒色欠片を悪魔と衝突させることを考えた――が、あの悪魔が対策していないはずがない、と考えを改める。

それに衝突させることを優先し、不用意に悪魔に近づけば第二の攻撃が俺を襲うこともあり得る。

そうなれば俺は更に不利な状況に陥る。

ここはシンプルに対応していこう。

地面を蹴り、5つの黒色欠片を再びかわす。

「宙に逃げましたか、しかしそれは悪手ですね。逃げ場がなくなりましたよ」

悪魔は次の攻撃を仕掛けようとせずに、余裕の表情で俺を眺めている。

慢心しているようだ。

「逃げ場がない？　本当にそうか？」

俺は《空歩》を使い、追尾してきた黒色欠片を宙でかわす。

「……ほほう、少しはやるようですね。でも逃げているだけじゃどうにもなりませんよ」

「別に俺は逃げるのが目的で飛んだわけじゃないさ。逃げ場がないというから逃げてみただけで本当は逃げる必要なんて微塵もない」

黒色欠片よりも上に飛べば、追尾してくる方向は下方向のみとなる。

俺は黒色欠片から距離を取り、同じだけの威力を持つ魔力の球体を放つ。

多方向の攻撃には相殺するのも骨が折れる。

しかし、それならば宙に飛び、攻撃してくる方向を制限すれば良いだけのこと。

圧縮された魔力同士がぶつかり、爆発が起きた。

爆風に乗り、俺は更に上に飛び上がる。

「上に逃げられては面倒ですね」

悪魔は翼を広げて、高速で飛び上がり、俺との距離を詰める。

その途中で背中に手を当てると、白い棒が生成される。

すぐさま白い棒は剣状に変化し、悪魔はそれで俺に斬りかかる。

剣と剣同士が交差すると、火花を散らし、キンッと甲高い金属音が響いた。

「これは《魔骨鉄剣》。複製した背骨を魔合金化させた剣です」

「どうでもいいな」

「ふふふ、私は親切心でご説明してあげたのですよ。この《魔骨鉄剣》、全て私自身によって作られたものですから私の魔力との親和性は高い。つまり――」

次の瞬間、悪魔の握る剣の切っ先が勢いよく伸びた。

すぐさま反応し首を横に傾けたが、切っ先は頬をかすめ、血がたらりと流れる。

「こういうことも出来ちゃうわけですよ」

ニコリと微笑《ほほえ》む悪魔。

「なるほど。悪魔とやらは、チマチマとした攻撃が好きなようだな。俺はもっと大きくいくぜ」

剣を握っていない左手を前に突き出し、竜巻を発生させる。

悪魔は姿勢を変えずに、ただ竜巻を放った方向に身体が移動していくだけだ。

怪我をしている様子もなく、ダメージが通っている気配はない。

「ふふふ、これで終わりですか？」

「いや、これからだ」

俺の狙いはダメージを与えることではない。

ただ構えるだけの間が欲しかっただけだ。

そう、《剛ノ剣・改》の構えを取りたいがために俺は竜巻を発生させたのだ。

大口を叩くことで、悪魔は「この程度か？」という具合で真意を見誤る。

そして《剛ノ剣・改》は自分が強くなればなるほど、威力を増していく。

自分の限界を超えた先にある一撃は、１年経った今でも最強の一撃だ。

「……確かに厄介そうですが、構えを見るからに剣技ですね。ならばリーチに入らなければいいだのこと」

そう言って、悪魔は地面に向かって急降下していく。

悪魔の言う通り《剛ノ剣・改》を直撃させるには相手がリーチに入るように近づかなければいけない。

だが、問題はない。

俺は《空歩》の使用を止め、落下する。

そして着地と同時に地面を蹴り、悪魔との距離を一気に詰める。

この《剛ノ剣・改》を放つ前の状態は身体能力が極限にまで研ぎ澄まされており、距離を詰められなくて困ることはない。

加えて、スキル《必中》を発動させることにより、回避不可能の最強の一撃が完成する。

「この一撃、お前に避けることは出来ない」

「ふふふ、どうやらそのようですね。しかし、貴方は大事なことを一つ忘れている」

《剛ノ剣・改》を直撃させた瞬間に俺は言葉の意味を理解した。

……あー、確かに忘れていたな。

「――ここは私の支配領域なのですよ」

悪魔の盾となるように、オーガが身代わりとなっていた。

上空から地面に逃げたのは、リーチから外れる以外にも理由があったわけだ。

確かにこれでは回避不可能の一撃も意味を成さない。

「ニンゲンだからといって少し侮っていましたよ。本当の戦いはこれからです。私を相手にするということは、この魔物の大群全てを相手にすることと同じなのですから」

……まぁそう簡単には勝たせてくれないか。

「魔物を相手にしながら私と戦わなければいけないこの状況……果たして貴方に勝機はありますかね？」

奴との戦いに魔物が増えたからといって状況が悪化したとは思わない。

そう思うきっかけになったのは、1年前に初めてダンジョンに挑んだときだ。

あの経験を機に複数の魔物を相手にするコツを摑んだ。

その他にも、グストンたちと同じように俺のことが気に食わない冒険者は割といるようで、似たような場面には何度も遭遇した。

「ああ、何も変わらない」

「そうですか。では再開しましょうか」

同時に大地が揺れ動いた。

何か巨大なものが接近してくるのが分かる。

大きさだけではない……そいつが持つ魔力もかなりの大きさだ。

そして、微笑む悪魔の背後から2体の魔物が現れた。

ガルーダとヒュドラか。

○ガルーダ
人間のような体に、鷲《わし》の頭。

背からは紅色の翼が生えており、炎を纏っている。

火山地帯に生息し、好戦的な性格をしているが、人肉を好まないらしく命を奪うことは少ない。

冒険者ギルド連盟が指定する危険性を示すランクはAだが、実力だけで見ればSランクが妥当とも言われている。

○ヒュドラ
7つの蛇の首を持つ巨大な竜種。

強靭な顎と鋭い牙を持ち、あらゆる物を噛み砕ける。

魔素の濃度が極めて高い沼地を住処《すみか》にし、毒を吐く。

冒険者ギルド連盟が指定する危険性を示すランクはS。


Aランクの魔物とSランクの魔物か……。

そしてガルーダの方は、危険性がAランクと示されているだけで実力はほぼSランクと同等と見るべきか。

「2体で大丈夫か？　周りの魔物をあてにしても無駄だと思うぜ」

「ふふふ、もちろんこれだけではありませんよ」

悪魔の手が魔力を帯びた。

地面には魔法陣が即座に出現した。

何かを召喚するつもりのようだ。

「おや……止めに来ないのですか？」

「何を召喚するのかと思ってな」

「ふむ……この魔物2体を相手する絶好のチャンスを与えてあげたつもりだったのですが、無駄だったようですね」

魔法陣から出現したのは馬に乗った騎士だった。

しかし、ただの騎士ではない様子。

騎士、馬、共に首がないのだ。

となると……。

「アンデッドか」

「ただのアンデッドではありませんよ。私が作製した特製のアンデッド――デュラハンです」

「……その元となった騎士はどこで手に入れた？」

「お察しの通り、道中で手に入れましたよ」

「やっぱり召喚を見ていて良かった。召喚を止めていたら、そのアンデッドを成仏させてやれなかったわけだからな」

と言っても、デュラハンもガルーダとヒュドラと同等の魔力を持っている。

その3体と悪魔を相手にするわけか。

間違いなく、今までで一番の修羅場だろう。

＊＊＊

難なくリヴェルがその中へと進んで行った魔物の大群。

しかし、大多数の冒険者にとっては、その魔物たちも十分な強敵であった。

「ぐあああああっ！」

「このやろォ！」

負傷する冒険者が続出するも何とか持ちこたえていた。

魔物の群れにはE～Bランクの魔物がよく見られる。

一般的な冒険者のランクはCランクとされており、十分戦える相手ではあるが、魔物側の数が圧倒的に多すぎる。

「クソッ……！　リヴェルはこの中を突き進んで行ったっていうのかっ！」

アギトでさえもリヴェルの後を追うのは厳しかった。

相手にする魔物の数が多ければ多いほど、体力の消耗が激しくなる。

攻撃をかわして進んでいこうにも、その隙間を中々見つけられないのだ。

「アギトさん、リヴェルさんの後を追うつもりですね」

「……フィーアか、止めろって言っても無駄だぜ。俺はアイツに負けていられねえからな」

「誰もまだ止めろなんて言ってないのに気が早いな〜」

カリーナは戦闘中だと言うのに、アギトをからかう。

「止めろなんて言いませんよ。私もリヴェルさんのところに行くつもりです。だから協力しましょう」

「ほぉ……弱虫のフィーアにしては随分と強気な発言じゃねーか」

「リヴェルさんが向かったとされる中央付近から物凄く大きな魔力を感じるんです」

「だからリヴェルを助けに行く、と?」

「はい」

「なるほどな。お前らしい勇気の振り絞り方だ。……ったく、しゃーねえ。少し癪《しゃく》に障るが協力してやるよ」

「アギトさん……！　ありがとうございます！」

二人のやり取りを見ていたクルトは、少しまずいのではないかと考える。

リヴェルに『みんなを守ってくれ』と頼まれているからだ。

だが、約束は破ってはいない、とクルトは思う。

（リヴェルには申し訳ないけど、僕は守ってくれとしか頼まれていないからね。どんな相手が出て

きても倒せば問題ないんだよね）

クルトにリヴェルとの約束を守る気持ちがないわけではない。

しかし、それ以上に二人の気持ちを優先したいと思っていた。

「で、お前ら二人はどうすんだ？」

アギトはクルトとカリーナに声をかけた。

「私は遠慮しておくよ。リヴェル君ならきっと何とかするだろうし、それよりも他の冒険者たちの方が心配だから」

カリーナはごめんね、と頭を下げると他の苦戦している冒険者たちのもとへ向かった。

「クルト、お前は？」

「そうだね、僕も協力するよ」

一致団結した3人はリヴェルのもとへ向かうのだった。

＊＊＊

……さて、どうしたものかと悩む暇もなく、ガルーダが前足を広げ、こちらに向かって飛翔してくる。

「コガアアァァ！」

「さぁ、これを使いなさい」

ガルーダは悪魔から《魔骨鉄剣》を受け取り、すぐさま構え、斬り掛かってきた。

それを俺が剣で受け止めると、次は炎のブレスを吐き出した。

「まぁ翼に纏った炎は飾りじゃないか」

魔力障壁を作り、炎を防ぐ。

反撃しようと思ったところで今度は右方向からヒュドラの攻撃の気配を感じた。

「シャアアアァァ！」

「妙に連携が取れてるのも悪魔の仕業か」

「ええ、その通り」

7つの首が順番に鋭い牙で俺に噛みつこうとしてくる。

ヒュドラの頭部は結構大きく、避けるには大きく四方八方に動く必要があった。

そして噛みつきの他にも毒を吐いたり、いくつかの首を振り回したりと、攻撃のバリエーションも多い。

「……とりあえず、首を斬り落とすか」

《剛ノ剣》を使用し、ヒュドラの首を一気に二本斬り落とした。

――だが、ヒュドラの首はすぐに再生し、以前と同じ姿で俺に襲いかかる。

「一体どうなってんだ！」

《英知》で更にヒュドラについて詳しく調べると、どうやら不死性があるようだ。

七本の首の中に一つだけ身体の核を含んだものがあるようだ。

その首を斬れば倒すことが出来るのだという。

しかし、核の場所は自在に動かせるようで、全ての首を少しずつ斬っていってもヒュドラは倒せない。

うーん、じゃあ一気に首を斬り落とせばいいだけか。

そう判断したが、それは後回しだ。

他を片付けてからだ。

「中々苦しそうですね」

「ま、そうでもないさ」

「しかし、デュラハンの存在を忘れていませんか？」

ヒュドラの陰でデュラハンは魔力を練っていた。

何か強力な魔法を放つつもりだ。

だが、そんなことは言われなくても知っている。

知っていて防ぐ必要はないと思ったからだ。

「……む？　なんですか？　この影は。他に空を飛ぶ魔物を呼んだつもりはなかったのですが……」

空を見上げる。

上空には翼を広げたドラゴンのシルエットが見えた。

デュラハンの魔力が最大にまで達したところで、ドラゴンは翼を下に傾け、急降下を始めた。

「デュラハンの存在を忘れるバカはいないだろ。お前こそ、誰を相手にしているのか忘れているんじゃないのか？　お前が相手にしてるのは国だぜ」

「なッ……！　ニンゲンの分際で調子に乗るんじゃないッ！　やりなさい！　デュラハン！」

デュラハンから放たれたのは、雷属性の魔力が込められた魔法《紫電砲》だった。

一定値を超える雷属性の魔力が込められることによって、雷は紫に変色する。

「――ドラゴンダイブッ！」

しかし、《紫電砲》は上空より降下してきた竜によってかき消された。

「……これは私が操っている魔物ではないようですね」

現れた竜は、赤色の鱗と強靱で大きな翼膜が特徴的だった。

この竜は見たことがある。火竜だ。

火竜は俺に向かってニイッ、と微笑みを向けて来た。

どこかで見覚えのあるような気がしていたが、どうやらそれは間違いではなかったらしい。

こいつは火の精霊に操られて悪さをさせられていた火竜のようだ。

俺も火竜に応えるように微笑んだ。

「おっとっと……って、わあぁっ!?」

火竜の背中から飛び降りて来た少女は着地に失敗し、尻餅をついていた。

懐かしさを感じつつも俺は近づいて、手を差し伸べた。

「【竜騎士】になっても少しドジなところは直らないみたいだな」

「あ、あはは……。もうちょっとカッコ良く登場したかったんだけどねぇ……」

少女は俺の手を取って立ち上がると、サッと砂を払った。

「それにしても再会はいつも戦場だな」

「まぁ仕方ないよね。英傑学園の敷地内を出ることなんて限られているし」

少女は右手の人差し指でブロンドの髪の内側をクルクルと巻きながら答えた。

「ああ、でも会えて嬉しいよ。久しぶり、アンナ」

「久しぶり、リヴェル。私も会えて嬉しい！」

「……しかし、再会を喜んでる時間なんてなさそうだ」

「そうみたいだね。それでアイツが魔物たちの親玉？」

アンナは悪魔を指差す。

「そうだ。アイツは悪魔で、この一帯の魔物全てを操っている」

「ふふふ、私をアイツ呼ばわりですか。舐められたものですね、ニンゲンの分際で」

悪魔はぷるぷると肩を震わせる。

その様子を見たアンナは、ハッと開いた口を手で隠した。

「ごめんなさい……」

アンナはお辞儀をして悪魔に謝った。

「……敵なのに謝るのか？」

「うん、だって怒ってるみたいだったし」

アンナらしいと言えばアンナらしいが、俺はやれやれ、と首を横に振った。

本当にこの子は優しすぎる。

それは今も変わっていないようだ。

だからこそ【竜騎士】の才能が与えられたのかもしれないわけだが。

「ここまでニンゲンに侮辱されたのは初めてですね。すぐに始末してあげましょう。ニンゲンごと一人増えようが始末する労力は何も変わりませんからね」

「え、えぇ!?　私、侮辱したつもりなんて全くないのに……」

「気にするな。どうせ倒さなきゃいけない相手だ」

「……それもそうだね。少し申し訳ないけど、容赦しないよ！」


真っ先に動いたのはヒュドラだ。

７つの首が一斉に俺たちに襲いかかってきた。

アンナは攻撃をかわすと、火竜の背中に乗り、飛翔した。

……って、結局竜に乗るのかよ。

降りて戦うのかと思ったら、結局は竜に乗って戦うようだ。

すると、空へ飛んだアンナにガルーダは接近していく。

「リヴェルも凄く強くなってるみたいだけど、私も負けてないんだからね！」

上空でアンナの剣とガルーダの剣が激しくぶつかり合う。

その剣筋を見て、アンナはかなりの成長を遂げていることが分かった。

1年前にマンティコアと戦ったときのアンナでは、ガルーダと互角に戦うこともままならなかったはずだ。

「よそ見をしていていいのですか？」

「シャアアアァッ！」

悪魔とデュラハンによる魔法攻撃、そしてその射線上から外れたところからヒュドラの攻撃が一斉に俺を襲う。

「《縮地》」

その場でただ避けることは無理だと判断した俺は《縮地》を使い、右に大きく移動した。

ズドーン、という音が響き、俺のいた場所には大きな穴が出来上がっていた。

まともに受けたら即死だな。

《縮地》を何度も使い、ジグザクに動きながら悪魔に近づく。

そして《縮地》のスピードを利用し、悪魔に斬りかかる。

だが、攻撃は防がれる。

「無防備だと思いましたか？　《魔骨鉄剣》はいくらでも作れますよ」

「そうみたいだな」

背後からヒュドラが襲いかかってくるが、それをアンナが防いだ。

ヒュドラの首を一つ斬り落としたのだ。

「リヴェルの援護は私がするから！　早く悪魔をやっつけて！」

「ああ、任せろ」

「あの子だけで務まりますかねぇ？」

「俺の幼馴染がやるって言ったんだ。だったら俺は信じてお前を倒すだけだろ」

「ニンゲン同士の絆《きずな》というやつですか。……ではその力、見せてくださいよォ！」

悪魔がそう言って、口角を大きく吊り上げた。

嫌な予感がした。

俺は振り返り、アンナを見た。

上からはガルーダ、横からはヒュドラ、そして下にはデュラハンの姿が見えた。

一斉にアンナへ攻撃を仕掛ける気のようだ。

これはまずいな。

……仕方ない、アレを使うしかないか。

俺がそう覚悟を決めたとき、アンナを狙う3体の前に爆煙が生じた。

しかし、あれではダメージは通らないだろう。

だが突如として起きた爆発に3体は怯み、加えて煙で視界は遮られている。

それを利用し、アンナは包囲されている状況から抜け出した。

「一体何が起きたの……？」

ピンチの状況を抜け出したアンナ自身も何が起きたのか分かっていない様子だった。

となると、この爆煙はアンナが引き起こしたものではない。

「敵を目の前にして背後を向くとは、随分と余裕じゃないですか」

悪魔がそう言って、俺の背中を《魔骨鉄剣》で突き刺した。

「お前の言葉、そっくりそのまま返してやるよ。無防備だと思ったか？」

俺は悪魔の正面の、少し離れた位置に姿を現した。

悪魔が突き刺した俺は《魔骨鉄剣》によってかき消されたのだ。

これはスキル《蜃気楼》による効果だ。

---

**○スキル《蜃気楼》**
**過剰な魔力を放出することによって光を異常なまでに屈折させ、見える偽物の自分と見えない本物の自分を作り出す。**


---

「くッ――――!」

最初と比べて悪魔の表情が段々と険しくなっていく。

余裕がなくなり、ふつふつと怒りが込み上げてきているのだろう。

悪魔の底は見えてきた。

しかし、それにしても先ほどの爆煙は一体誰が……？

「――やっぱり、中央付近は思った通り面白いことになっていたね」

この声は……まさか……。

「オラァ！　追いついてやったぞォッ!!　リヴェル、てめぇには負けねェからなァ!!」

「リヴェルさん、助けに来ましたよ」

声のする方を振り向くと、そこにいたのは俺の仲間たちだった。

「ハハ、あいつら……」

正直ここには来てほしくなかった。

だけど、俺のためを思って危険を顧みずにここまで来てくれたと思うと……嬉しくないわけがない。

「リヴェル！　先に言っておくけど、君と交わした約束は破っていないよ。今のところは、ね」

クルトは声を張り上げて言った。

「今のところは、って……ちゃんと守る気あるのか!?」

「もちろん！　不安に思ったのは、多分こんなことになるだろうと思っていたからさ！」

ああ、確かに不安だとか言っていたな。

それでも守る自信はあるみたいだったし、やっぱりクルトは相当な自信家だと再認識した。

そして、それを貫き通せるほどの実力がクルトにはある。

「ハッハッハ、あのデケェ化物は俺の獲物だァッ!!」

アギトはそう言って、嬉々《きき》としてヒュドラに突っ込んでいく。

「アギトさん、一人で戦うのは流石に無茶ですよ」

突っ込んでいくアギトにフィーアが援護に向かう。

「ふむ……あれはヒュドラか。アギトとフィーアの二人がかりならまぁ大丈夫かな？　それじゃあ僕は、あの魔法の使い手と遊ぶとしようか」

クルトはコートの内側から杖を取り出した。

それをデュラハンに向かってかざすと、５つの氷の柱が放出された。

こいつ……いつの間に《無詠唱》を取得していたんだ……？

「誰だかよく分からないけど、みんなリヴェルのお友達みたい！　じゃあ残りの魔物はお友達さんに任せて、私は鳥を倒せば良さそうだね」

アンナは一人納得した様子でガルーダと再び交戦を始めた。

「どうやら戦いは振り出しに戻ったみたいだな」

悪魔に向かって俺は言う。

「ふ、ふふ、ふふふふふ……振り出しに戻った？　そんなわけないじゃないですか。貴方たちは私を怒らせすぎた。ここからは手加減無用です。本気で貴方を殺しに掛かります」

「仲間の魔物を呼んだとき同じようなこと言ってたな。もしかして悪魔って口だけなのか？」

「そう言っていられるのも今のうちですよ。貴方は闇の世界で一人寂しく死ぬのですから。常闇牢獄《ダークネスプリズン》ッ!!」

悪魔が膨大な闇に変わった。

引き込まれて行く。

「逆らおうにも逆らえないな」

これがこいつの奥の手なのだろう。

呑み込まれた時点で命を奪われるとは考えにくい。

だとすれば奴自身が闇になる必要がないからだ。

つまり、あの闇は奴にとって有利なフィールド。

「面白い、受けて立つぜ」

そして、俺はそのまま闇に呑み込まれて行った。


闇に呑まれた先には光がなかった。

……まぁ、そりゃそうか。

「これが《常闇牢獄》です」

闇の中から声が聞こえてくる。

悪魔の声だ。

「ここは私の世界、パワー、スピード、全てにおいて先ほどよりも上です」

声が四方八方から聞こえる。どうやら高速で動きながら喋っているようだ。

これだけの高速移動を行ってもなお、会話が出来るのか。

「しかし、これだけ暗いと何も見えないな」

「ふふふ、そうですねぇ。貴方からしてみれば何も見えないでしょうね」

そう。

だから俺は明かりを作ってみることにした。

魔法で光球を作り、宙に浮かべる。

しかし、光球は闇に呑まれてしまった。

「ダメですよ。そんなものではこの闇を照らすことは出来ません」

「そうみたいだな」

「ええ、ですが謝ってももう許しませんよ。貴方に待つのは死のみです」

何も見えないんじゃ打つ手がないな……。

だけど悪魔は〝そんなものではこの闇を照らすことは出来ない〟と、言っていた。

それならば、もっと大きな光球を作り出せば何かが見えてくるんじゃないか？

やるだけの価値はありそうだ。

ま、失敗すれば魔力がなくなるだけだ。

いざというときは《アイテムボックス》から魔力回復ポーションを取り出せばいいだけのこと。

「よし、やってみるか」

「……？　一体何をするというのです？」

俺は魔力を溜め込み、それを光球に変換する。

光球はドンドンと大きくなっていく。

どうやら全魔力の1割ぐらい注ぎこんだら、闇に呑まれることはないらしい。

これではまだ小さい。

どんどん魔力を注いでいく。

3割ぐらい注いだところでやっと悪魔の姿が見えてくるまで周囲を照らすことが出来た。

「よし！」

「……やはり、貴方の魔力量は目を見張るものがありますね。ニンゲンと見下したまま戦うのは止めにしましょう」

悪魔が手の先をこちらに向ける。

「いきなさい――《蝿喰《はえく》らい》」

無数の蝿が闇から現れる。

ブーン、と羽音を立てながら俺に向かって襲いかかってきた。

虫か……。

それなら燃やしてみるか。

炎の障壁を作ると、蝿は炎を物ともせず貫通してきた。

「気持ち悪いな……」

炎でダメならば、とすぐに思考を切り替えて既に接近している蝿を回避することだけに専念する。

「かすったか」

左肩を無数にいた蠅がかすり、少しだけ血が垂れる。

すると、悪魔はニヤッと笑った。

「ふふふ、当たってしまいましたね」

左肩のかすった部分に蠅が侵入していく。

「あ、おぃ」

そして、侵入した部分は大きな腫瘍となり、次第に人面へと変化していく。

……なるほど、悪魔が笑っていた理由はコレか。

＊＊＊

闇に呑まれたリヴェルは、元いた場所からいなくなっていた。

「闇に呑まれた、か。まぁ心配する必要はないよね。だろう？　リヴェル」

一瞬、リヴェルの方を見るクルトだったが、すぐにデュラハンを見据える。

「首のない騎士に首のない馬、生きているときは魔法を使わずに武器を持ち戦っていたのだろうね」

クルトは悲しげに呟いた。

「すぐに楽にしてあげるよ――《多重詠唱》」

クルトの足元に青白く光る幾何学模様の魔法陣が現れる。

それを黙って見ているデュラハンではない。
戦いが始まったそのときから、急速に魔力を巡らせ、練りに練った《紫電砲》を放つ。
しかし、タイミングが遅かった。
《多重詠唱》を発動後のクルトの前には《紫電砲》では足りない。
クルトが無詠唱で放った一つ目の魔法は《アースクエイク》。
地面を隆起させて出来た土塊《つちくれ》を《紫電砲》にぶつける。
土塊は爆散するも《紫電砲》と相殺された。
そして《アースクエイク》と同時に放った魔法は《氷龍白撃》。
現れた氷龍がデュラハンを喰らうと、デュラハンは凍りついた。
普通ならば同時に放つことなど出来るはずのない高難度魔法。
それをクルトは涼しい顔でやってのける。
「作り物の魔法使いと僕とでは、魔法使いとしての格が違うね」
凍りついたデュラハンは粉々になり、結果はクルトの圧勝だった。

＊＊＊

「この野郎ォ……何度も何度も首を斬っても再生してきやがる……」

既にアギトは満身創痍《そうい》だった。

ヒュドラの首は斬れるものの、再生されてしまう。

フィーアは、ヒュドラの急所を狙っていた。

明確に急所だと分かる箇所はヒュドラの目。

しかし、首が7つあり、それぞれに2つずつ目がある。

なので一つ潰してもほとんど意味がないというわけだ。

「ハハ、再生しようと関係ねえか。だったら再生出来なくなるまで斬りまくってやらァ！」

「厄介ですね……」

アギトさん、流石にそれは無茶ですよ。

と、言いたいフィーアだったが、それ以外に作戦がなかったため、言葉を飲み込む。

アギトがその作戦でいくのならば、自分はそれをサポートするだけだ、とフィーアは考えた。

何故なら自分には、ヒュドラを倒すだけの強さがないことぐらい既に分かっていたからだ。

だから少しでもヒュドラの狙いが自分になるようにフィーアは目を狙い続ける。

フィーアは攻撃を避けることには自信があり、実際にヒュドラの攻撃を全てかわし続けていた。

しかし、アギトの作戦では状況が悪化するばかりだ。

「ぐあァッ!!」

「アギトさんっ！！！」

ヒュドラの首を斬り続けていたアギトだったが、ついにヒュドラの牙がアギトに届いてしまった。

咄嗟《とっさ》のアギトの判断で噛みちぎられることはなかったが、腹部からは大量の血が流れている。

そして、負傷したアギトに毒が襲いかかる。

7つの首が一斉に毒を吐き出したのだ。

「ハァ……ハァ……」

毒を避けることが出来ずに、浴びてしまうアギト。

身体が焼けるように熱く、もう戦う力は残っていない。

「私が何とかしないと……」

狼狽《うろた》えるフィーアだが、何とかしなければ、とヒュドラに接近して攻撃を放つ。

普段のフィーアならば絶対に近づかない距離。

魔銃士であるフィーアは、近距離において、攻撃を食らうリスクと相手に与えるダメージのリターンが見合わないのだ。

アギトは朦朧《もうろう》とする意識の中、立っているので既に精一杯だった。

(男の俺がまさか女に守ってもらうなんてな……情けねぇ……。クソッ……！　俺はこんなところで負けていられねえんだよ……！)

アギトの剣を握る手に力が入る。

今のアギトに戦うだけの力は残っていない。

それでもアギトは気合だけで乗り切ろうとしているのだ。

しかし、それが功を成す。

生と死の狭間《はざま》にいるアギトは野生の本能が究極に研ぎ澄まされていた。

獣人の種の力だ。
（ああ……。お前、ちゃんと死ぬんだな）
それは蒼白となった顔で再びヒュドラを見つめるアギトが抱いた感想だった。
言ってしまえば、ヒュドラの７つの首のうち６つはノイズである。
真の首は一つで、それがヒュドラの意志でどの首にするか変えられるだけのこと。
今のアギトには、ヒュドラの首が一つにしか見えなかった。
アギトは飛び上がった。
見えている首は一つ。
それを斬れば、ヒュドラは倒せる。
「《炎剣・陽炎》」
力を振り絞ったアギトが今出せる最後の一撃。
ヒュドラの首は斬り落ち、その断面は黒く焦げていた。
ヒュドラの残りの６つの首は生気を失い、瞳から色が消えた。
そのままヒュドラは倒れ、絶命した。
「凄い……。アギトさんやりましたね――って、ええ!?　アギトさん！」
空中で力を出し切ったアギトの右手から剣が離れた。
着地など出来るはずもなく、アギトはそのまま落下していく。
ストンッ。

落下地点にクルトが駆けつけ、アギトを受け止めた。

「お疲れ様」

「……てめぇ、呑気に見学してやがったな……」

「うん。変に手を出せば怒られるかと思ってね」

「……ハハ、ったりめーだろ……」

「まぁどちらにしろ怒られてるんだけど」

アギトが大丈夫そうでフィーアはホッと胸を撫で下ろした。

だが、すぐに全然大丈夫じゃないことを思い出した。

「クルトさん！　アギトさんはヒュドラの毒を浴びてました！　すぐに治療しなきゃ大変です！」

「ああ、そういえばそうだったね。じゃあ僕はアギトを連れて拠点に戻るよ。リヴェルが戻ってきたらそう伝えておいて」

「分かりました、ありがとうございます」

対ヒュドラは、アギトたちの辛勝だった。

＊＊＊

「どうやら、リヴェルの友達はみんな無事に倒したようだね。私もそろそろ決着をつけなきゃね
……！」

上空でガルーダと戦い続けていたアンナは気合を入れ直す。

ここまでガルーダと対峙してきて、勝てる相手だというのはアンナ自身、十分に理解していた。

だが、全力を出せば火竜フェルの身体に負担がかかってしまう。

アンナはそれを心配し、なんとかフェルの身体に負担のかからない勝ち方がないか模索していたのだ。

「ゴワアアアアァァァ!!」

そして、その想いはフェルに伝播《でんぱ》していた。

だからこそフェルは咆哮《ほうこう》をあげた。

それが何を意味するのか、アンナは十分に理解出来た。

「……うん、ありがとうフェル。じゃあ思いっきりいくよ!」

——何故【竜騎士】が強い才能と言われているのか。

単純に騎士自身が竜よりも強くなることが出来るからだ。

しかし、それは世間一般的な評価だ。

実力者たちの間では、【竜騎士】の評価は更に高い。

何故ならば、【竜騎士】とは竜の実力を100%以上引き出すことが出来るからだ。

才能が騎士系統なら、なろうと思えば竜騎士になることが出来る。

優しい心を持ち、竜よりも強くなればいいからだ。

しかし、騎士系統の才能で竜騎士になった者と【竜騎士】の実力は全くと言って良いほどに差がある。

それは【竜騎士】以外では、竜の実力を１００％以上引き出すことが出来ないからだ。

「いくよ！　――《竜炎焔》」

フェルに炎のブレスを吐かせ、それを剣に纏わせた一撃。

「ゴガアアアアアアァァ！」

その一撃をガルーダは回避出来ず、断末魔の叫びが響き渡る。

ガルーダも炎を扱うことから、間違いなく炎に対する耐性はあるはずだ。

にもかかわらず、アンナが放った《竜炎焔》はガルーダを一撃で倒してみせた。

それは《竜炎焔》を放つ際にアンナがフェルの能力を最大限まで引き出したからに他ならない。

フェルが普段、無意識のうちにセーブしている力を【竜騎士】であるアンナは引き出すことが出来る。

「フェル、大丈夫？」

「ゴワっ！」

フェルは疲れた表情だったが、元気よく鳴いた。

「そっか、頑張ったね！　フェル！」

フェルは首を曲げて、アンナをペロリと舐めた。

「うんうん、良かった良かった！　……あとは、リヴェルだけだね」

少しだけ不安そうな顔をしたアンナだったが、ぶんぶんと首を横に振った。

「リヴェルが負けるわけないよね！」

＊＊＊

悪魔の攻撃、《蝿喰らい》のせいで左肩の一部が腫れ上がり、人面疽《そ》へと変化してしまった。

これは放置するよりもすぐに処理した方がいいな。

そう思った俺は迷うことなく、人面疽を剣で薙《な》ぐ。

肩から大量の血が流れる。

迷いは思考と判断を鈍らせる。

だから俺は真っ先に思い付いた最善の選択を取った。

「迷わずに斬り捨てる。その判断は正しいですよ」

「そうかい。良い気になってるようだが、今度は俺の番だ」

「ふふふ、貴方が攻撃することは出来ないですよ。なにせ、ここは私の世界なのですからね」

ブーン、と羽音が再び聞こえてきた。

今度は先ほどよりも大きく、そこら中から聞こえてくる。

「さぁ、喰らい尽くしなさい！」

もう決着をつけよう。

長引けば長引くほど、こちらのリスクが大きくなる。

「《加速循環》」
オリジナルスキル《加速循環》を使用した俺は、悪魔のもとへ駆ける。
蝿は俺の動きに付いてくることは出来ない。
「なにぃっ!?」
悪魔に振るった剣は空振り。
いや、闇を斬ったか。
《必中》の対策は万全というわけだ。
しかし、移動した先は分かる。
魔力の跡を追えばいいだけなのだから。
次の攻撃も外れるが、悪魔の表情に余裕はない。
休む間もなく、何度も攻撃を仕掛ける。
縦に、横に、悪魔の後を追い、剣撃を放つ。
確かに悪魔のスピードは速い。
自分の世界というだけはある。
だが、それでも俺は次第に悪魔を追い詰めている。
これが《加速循環》の力だ。
《加速循環》は《剛ノ剣・改》を応用したスキルだ。
魔力を均一化させ、最大まで引き上げた状態を維持し、その循環を加速させる。

魔力の消耗、そして身体への負担は凄まじいが、得られる能力はとてつもない。

その証拠に、《加速循環》を使用してからの展開は一方的なものだった。

そして、ついに俺の剣が悪魔に届く。

一閃《いっせん》が悪魔の左腕を斬り飛ばした。

「バ、バカな……！　こんなことが……こんなこと、あるはずがありませんッ！！」

悪魔はすぐさま右腕に《魔骨鉄剣》を作製し、俺に斬りかかる。

俺は正面で受け、剣で応じる。

「ここは私の世界だ！　私が負けるはずがない……それもニンゲン如きにッ！」

怒りに身を任せ、悪魔は何度も《魔骨鉄剣》を振るう。

剣で応じ、悪魔が《魔骨鉄剣》を縦に振ろうとしたとき、俺はそれを弾いた。

「終わりだ。この世界ごと葬り去ってやる」

光球を作り出す要領で剣へ光を溜める。

急速に込められる光の魔力に剣は眩《まばゆ》い輝きを放つ。

「止めなさい……」

「これでトドメだ！」

「止めろォォォォォ！」

一閃は全ての闇を振り払った。

「わ、わ、たし……が、ニン、ゲンに、ま、け……た」

悪魔は目から涙を零し、真っ白な光の中で溶けるように消滅していく。

「お前は人間を馬鹿にしすぎだ」

真っ白な光に包まれた世界は、次第に色を帯びていき、気がつけば俺は元いた場所に戻っていた。

＊＊＊

「リ、リヴェル!?　肩を怪我してる！」

「は、早く手当てしましょう！　と、とりあえず、ポ、ポーション！　リヴェルさん！　ポーションを取り出してください！」

戻ってきた俺を待っていたのはアンナとフィーアだった。

左肩の怪我を見るなり、二人とも大慌てだ。

「フィーア、俺が取り出すんだな……」

「あわわ……す、すみません！　怪我人に言うことではなかったです……い、今私が拠点からポーションを取ってきますから！」

走り出そうとするフィーアの肩を摑む。

「ちょっと待て、お前が拠点に行って戻って来るぐらいなら俺が拠点に戻ればいいだろう」

「た、確かに……！」

フィーアだけでなく、隣にいるアンナも同じリアクションをしていた。

……何故？

「それにこれぐらいの怪我なら自分で治せるよ」

俺は左肩に右手を添え、回復魔法を使用する。

止血され、みるみるうちに傷口が塞がっていく。

「そういえばそうでしたね……」

フィーアは一呼吸ついて落ち着いたようだった。

「えっ！　この回復魔法の効果おかしくない!?」

「ああ、アンナには言ったことなかったな。実は俺が使っている魔法は古代魔法で現代魔法よりも色々と融通が利くんだ」

「古代魔法……なんか聞いたことあるかも。まぁよく分からないけど、やっぱりリヴェルって凄いね！」

「ありがとう。そういえばクルトとアギトはどうした？　ここにいた敵はみんな倒されているようだけど」

辺りを見回してもガルーダとヒュドラの死体があるだけでクルトとアギトの姿はない。

大丈夫なんだろうか。

「アギトさんは何とかヒュドラを倒したのですが、重傷を負ってしまったのでクルトさんが拠点に連れて帰りました」

「そっか、まぁでもアギトが無事で良かったよ」

……と、今まで何気なく会話していた俺だったが、一つ違和感に気付いた。

「てかアンナとフィーア、馴染みすぎじゃないか？　お互い初対面だろ？」

「リヴェルを待っている間、フィーアちゃんと一緒にお話ししてたんだよ。ねー？」

「はい！　アンナさんはめちゃくちゃ良い人ですね、リヴェルさん！」

そういやフィーアにはアンナの話をしたことがあったもんな。まさかここまで仲良くなるとは思わなかったが。

「で、では私はアギトさんが心配なので拠点に戻りますね。お二人は積もる話もあるでしょうし、ゆっくりしていてください。魔物たちももう元々の住処に向けて移動しているらしいですから」

フィーアは、そそくさと拠点に戻って行った。

「フィーアちゃんバイバーイ！」

手を振るアンナにフィーアも応えていた。

周りを見ると、魔物は確かに後方へ向けて進路を変更していた。

中にはまだ冒険者と戦っている奴もいるようだが、それは魔物の性格によるものだろう。

とにかく一件落着なようだ。

しかし、フィーアめ。気を遣ったな……。

変に気を遣わなくてもいいのに。

「あー、二人っきりになっちゃったね」

アンナが呟いた。

頬は少し赤く、何処となく恥ずかしそうだ。

「そうだな。こうやって話すのも1年振りかー」

「マンティコアと戦ったとき以来だよね。あれからもう1年も経つなんてね、あっという間だったなぁ……」

「マンティコアを単独で倒したって色んなところで話題になってたなーハハハ」

「あー！　こっちは笑い事じゃなかったんだからね！　あれのせいでめちゃくちゃ注目を浴びたんだから！」

アンナは頬を軽く膨らました。

「悪い悪い、まぁでも今ならもうマンティコアを一人で倒せるだろ？」

「うん。この1年どれだけ苦しい目に遭ってきたか……」

アンナは肩に手を寄せてガクガクと震える。

「頑張ったんだな」

ぽん、とアンナの頭に手を置く。

「……えへへ」

嬉しそうにアンナは笑った。

そのとき、こちらに何かが近づいて来る気配を感じた。

上空か。

空を見上げると、赤色の鎧を身に着けた竜たちがこちらに向かってきていた。

背中には人が乗っている。

あれは竜騎士か。

「あ、団長だ」

「団長？　あれがアンナの所属する騎士団なのか？」

「うん、あれが赤竜騎士団。あの先頭にいる火竜に乗っている人が団長だよ」

そう、アンナは言った。

そして、しばらくすると赤竜騎士団の団員たちがこちらに降りてきた。

アンナが団長だと言っていた先頭の人物は真っ先に竜から降りてこちらに近づいて来る。

「初めまして。俺は赤竜騎士団団長アイザックだ」

「丁寧にどうも。俺はAランク冒険者のリヴェルです」

「ええ!?　リヴェルってAランクの冒険者だったの!?」

「あっ、そういえばアンナには言ってなかったな」

そう言うと、アンナはコクコクと首を縦に振った。

「なるほど、その歳でAランク冒険者か……やるなぁ。そこに転がってる魔物たちもリヴェル君とアンナが倒したのか？」

「俺はそこにいる魔物は倒してないですね」

「私は、あの鳥を倒しましたよ！」

「バカ、アレはガルーダだ。魔物の名前ぐらい覚えておけ」

「……すみません」

アンナは団長に怒られていた。

「……ん？　待てよ。アンナがガルーダを倒したとなると、あのヒュドラは誰が倒したんだ？」

「俺の冒険者仲間ですね」

「おー、やるなぁ、ヒュドラを倒したか。そりゃ中々の実力者だな。それじゃあリヴェル君は何と戦っていたんだ？」

「俺は悪魔ですね」

「ほう、悪魔か」

「悪魔がこんな魔物の群れの中にいるわけないだろう！　ちゃんと真実を話せ！」

騎士の中の一人がそう声を荒らげた。

「ふーむ、すまんね、リヴェル君。ウチの団員は変に正義感が強い奴もいてたまに空回りすることもあるんだ。許してやってくれ」

「いえ、なんとも思っていませんから」

どうやらこの団長は俺の言ったことを信じてくれているようだった。

「だ、団長!?　そいつの言うことを信じるんですか？」

「ああ、リヴェル君が嘘をつく理由がどこにもないからなぁ」

「あ、ありますよ！　嘘をつけば偽りの実績が得られます！　そんなことが出来てしまえば、とても不誠実です！」

「いやいや、嘘をついていないって根拠も実はあるんだぜ？　この魔物の群れには妙に変な魔力が感じられたのは俺も分かっていたことだ。それが悪魔だとは気付かなかったがな」

団長の発言を聞いて、嘘だと指摘した騎士は黙り込む。

団長は続ける。

「その魔力が消えたとき、魔物の群れが崩れていった。これがどういうことだか分かるか？　この魔物の群れの親玉は悪魔で、これは何者かに仕組まれたものだってことだ。なにせ悪魔は契約が結ばれない限り、こういったことはしないからなぁ」

「し、しかし……！」

「信用出来ないならよぉ、後日リヴェル君に戦いを挑んでみろよ。ま、受けてくれるかは知らねーけどな」

そう言って、団長はハッハッハと笑った。

「団長！　それはちょっと無責任すぎますよ！　リヴェルも色々と忙しいんですから！」

「お、そういやアンナはリヴェル君となにやら親しげだよな。……コレか？」

団長はニヤニヤとしながら親指を立てた。

「親指なんか立ててどうしたんですか？」

「なるほど、これじゃ分からないか。リヴェル君はアンナの彼氏か、って聞いてんだ」

「ち、違いますよ！　い、い、一体何を言ってるんですか⁉　ただの幼馴染ですよ！」

「ほほう、さてはお前リヴェル君に惚——いてっ！」

団長は隣にいた騎士の人に頬を抓《つね》られていた。

「団長、そういうのセクハラになりますよ」

「ああもうっ！　ちょっとぐらいいいだろうが！　ったく、悪かったよ」

……この人、本当に団長なのか？

「まぁというわけだ。リヴェル君が嘘をついていないのは理解したかー？」

「納得いきません！　後日、彼には決闘を申し込みます！」

「だからリヴェルに迷惑ですって！」

……なんか愉快な騎士団だな。

まぁいい。

後日、決闘を申し込まれるのも面倒だ。

どうせなら今、受けてしまおう。

「いいですよ、決闘。後日と言わずに今からやりましょう」

＊＊＊

「えー!?　ダメだよリヴェル！　怪我も今治したばっかだし、危ないよ！　……あれ？　治ったならいいのかな？　いや、でも疲れてるから！」

「何一人でボケてるんだよ」

おかしくて俺はクスクスと笑ってしまった。

「騎士として弱っている相手に戦いは挑めない！」

「気にしないですよ。一度の決闘で納得してもらえるなら」

「ほぉ～、こりゃ大物だな。リヴェル君がこう言っているんだ。遠慮せずに戦ってこい」

「少しは遠慮してくださいよ！」

笑う団長にぷんすかと怒るアンナ。

そして、例の騎士は剣を鞘から抜く。

「ほ、本当に良いんだな？」

「はい、その代わり俺が勝ったら俺が悪魔を倒したっていう証人になってくださいね」

「なっ……！」

「ハッハッハ、良いぜ。勝てば赤竜騎士団が証人になってやる」

「ありがとうございます」

俺は団長に頭を下げた。

「……良いんだな。疲労しているとはいえ、戦いとなれば容赦はしない」

「遠慮なんか要らないですよ。そうじゃないと納得してもらえませんからね」

「……分かった。では、ゆくぞ！」

騎士は駆け出し、俺との距離を詰めてから剣を上段に構え、振り下ろす。

俺はそれを弾き、相手の騎士の首元に剣を持っていく。

騎士は何があったか分からないというような驚きの表情でゴクリ、と唾を呑み込んだ。

「速い……」

近くで見ていたアンナが呟いた。

どうやら俺の剣筋はアンナから見ても速い部類に入るようだ。

俺が首元から剣を離すと、騎士は倒れ込み、

「負けました……」

と、頭を下げた。

「俺の実力がないばかりに疑ってすまなかった」

「気にしなくていいですよ。不正を許せない正義感の強さは騎士として持つべき資質でしょうから」

「本当にすまない……恩に着る」

騎士は立ち上がり、再び頭を下げた。

「ハッハッハ、しかし結果は圧倒的だったな。だがまぁこれで今回の騒動は全て片付いたわけだ。よーし、とっとと帰るぞ」

団長はそう言って、竜の背に乗った。

先ほどの騎士も団員たちもそれに続く。

「アンナ、リヴェル君とは幼馴染なんだろ？　ちゃんと別れの挨拶を済ませてから拠点に戻ってくるといい。さっきの詫びだ」

アンナも俺に手を振って帰ろうとしたとき、団長は言った。

「団長……ありがとうございます！」

「おう。よーし、それじゃ俺たちは帰るぞ」

そして赤竜騎士団はこの場を去って行った。

「別れの挨拶が出来る時間、貰っちゃった」

「団長、少し適当なところはあるみたいだが、良い人そうだな」

「そりゃね。なにせ【竜騎士】ですから」

「確かにな。間違いない」

そう言って、俺たち二人は笑い合った。

「今度はいつ会えるかな」

「縁があればまた会えるさ。まぁ会えなくても英傑学園の高等部が始まれば、また一緒に過ごせるよ」

「そうだね。あー、その日が楽しみ！　早く来てほしいな！」

「俺もそう思う」

「よーし、じゃあはいっ」

アンナは俺に向かって両腕を広げた。

「……どうした？」

「こ、これから2年間頑張れるように！　エ、エネルギーを補充するの！」

「なるほど、じゃあ俺も2年分のエネルギーを補充しないとな」

「そ、そうですよ～！　それがいいですよ～！」

アンナの顔は真っ赤だった。

きっと、これを言うのにかなり勇気を振り絞ったのだろう。

ちゃんと応えてやらないとな。

俺はアンナの背中に手を伸ばして、正面から抱き寄せた。

「……あったかいね」

「そりゃ戦った後だからな」

「もう～、そういうことじゃないよっ」

「ハハ、悪い悪い」

「……あと、もうちょっとだけ」

「ああ、なにせ2年分のだからな」

「そうだよね。だから仕方ないよね」

そんな言い訳をして、俺たちはしばらく抱擁していた。

「よし、補充完了！」

「元気そうだな」

「うん！　リヴェルのおかげでね！」

「そいつは良かった。俺もアンナのおかげで元気出た」

「えへへ」

嬉しそうにして、アンナは火竜の背に乗った。

「それじゃ、元気でね！」

「アンナもな」

「……じゃあ、またね！」

アンナの目元が少し赤い。

涙を我慢しているのだろう。

「アンナ、最後に一つだけ言っておくな」

「ん？」

「俺が強くなれたのは全部、アンナのおかげだ。アンナがいなかったらここまで強くなることは出来なかったと思う」

「そんなことないよ！　全部リヴェルが頑張ったからだよ！」

「アンナがいなきゃ頑張れなかったさ。だから、あと2年待っててくれ。必ず英傑学園に迎えに行くから」

「……嬉しい、待ってる」

アンナの目から涙が零れた。

「元気でな」

「うん、リヴェルも」

アンナが竜に乗って去っていくのを見送ると、俺も拠点へと戻ることにした。
こうして魔物の大群を相手にした緊急クエストは幕を閉じたのだった。

# エピローグ

緊急クエストの戦果が受理され、俺はめでたくSランクに昇格した。

赤竜騎士団が悪魔討伐の証人になってくれたおかげで、昇格はとてもスムーズなものだった。

そしてSランクに昇格した俺は王都に向かった。

王都には、秘匿された書物が所蔵されている秘密書庫があるのだ。

ここへは国に認められた者しか入ることが出来ない。

Sランクを目指していたのは《英知》では知ることの出来ない情報にアクセスするため、秘密書庫を訪れたかったからだ。

秘密書庫は厳重な警備がされていた。

俺は許可を貰い、秘密書庫へ立ち入る。

人は誰もいなかったが、書庫の中は清潔で書物もしっかりと管理されている。

不思議な場所だ。

中を見て回ると、年季の入った書物が多い。

俺は特に本を選ぶようなことはせず、手当たり次第に書物を読み漁っていく。

歴史について書かれたものが大半だが、伝承スキル、秘術、禁術、など様々な書物が保管されていた。

もっとも、歴史の中にも強くなる手掛かりになり得る情報はあった。

……よし、欲しい情報は手に入れた。

そして王都からフレイパーラに帰ってきた晩、俺はある決心をした。

俺は、冒険者活動を休止する。

もちろん、真っ先にルイスに許可を貰いに行った。

Sランクに昇格するために協力してくれた恩人だ。

ルイスがダメだと言うなら、俺は素直に諦めるつもりでいた。

しかしルイスは、

「冒険者は自由な職業だ。俺に止める権利はない。……ただ、1年前ならダメだと即答していただろうな」

と、言ってくれた。

ルイスさんには本当に感謝してもしきれない。

ルイスさんに感謝を告げ、握手をした。

そして俺はテンペストに向かった。

「ええ!? リヴェルさん、冒険者を辞めちゃうんですか!? 急すぎますよ!!」

冒険者活動を休止することを告げると、みんな大騒ぎだった。

『あるじ!?　どっか行っちゃうの!?』

キュウも驚いていた。

いや、お前には昨晩に言っていただろう。

「世界中を回ってもっと強くなろうと思ってさ」

「ちょっとちょっと！　リヴェルが辞めちゃったらテンペストはどうなっちゃうの！」

ラルが詰め寄ってきて、俺を睨む。

「お前の手腕ならいくらでも儲けることが出来るだろ？　それにフィーアはAランクでフレイパーラの冒険者の注目の的、クルトもBランクで実力はかなり高い」

「ハハハ、照れるね」

「笑い事じゃない！　いいの!?　リヴェルがいなくなっちゃっても！　クルト、あんたもリヴェルに魔法教えてもらってるんでしょ！　止めなさいよ！」

「もう沢山教えてもらったさ。今は僕なりの理解を得るためにじっくりと咀嚼《そしゃく》しているところだよ」

「あんたに聞いた私が間違っていたわ……」

ラルは右手で頭を押さえた。

「私は反対です！　リヴェルさん、行かないでくださいー！」

フィーアは涙を流しながら俺の左足に抱きついた。

「ほら、フィーア泣いてるじゃない」

「そういう引き止め方はずるくないか!?」

「ずるくないわ！　それに強くなるならフレイパーラでも出来るでしょ！」

「そういうわけにもいかないんだなぁ。これが」

秘密書庫で手に入れた情報によると、世界各地にはまだまだ強くなれる場所が存在する。

フレイパーラでじっとしているわけにはいかない。

「リヴェルさん……！　俺、マジで悲しいです！」

目から滝のような涙を流すウィル。

ウィルはフレイパーラ新人大会後に加入してくれたメンバーだが、なんだかんだもう長い付き合いだ。

俺を慕ってくれているというのもあり、よく一緒に修行をしたりもした。

ウィルは体力の限界まで俺に合わせようとするからよく嘔吐《おうと》していたけど……。

「リヴェルさんほどの逸材は中々いませんよ。辞めてしまうなんて勿体ないですね」

受付嬢のエレノアさんも悲しそうだった。

「ハッハッハ、お前はそんなところまでアデンにそっくりだな！」

ロイドさんは豪快に笑った。

「父さんにそっくり？」

「ああ、アデンもみんなと仲良くなったってのに、もっと世界を見て回るとか言って急に出て行っちまったんだよ」

「父さんもか……」

やっぱり俺は父さんの息子なんだなって思ってしまった。

「悲しいなぁ、全く。でも止められねえのも俺は知ってる。だからギルドマスターである俺から言えることは、ただ一つ。

――リヴェル、お前はクビだ」

ロイドさんはニイッと笑って、白い歯を見せた。

「ちょっとお父さん!?」

「ロイドさん何バカなこと言ってんの！」

「ギルドマスター！　あんた何考えてんだ！」

「この能無しギルドマスター！」

「年中酔っ払いじじい！」

ギルド職員、冒険者、ここにいる全員にロイドさんは罵声を浴びせられた。

でも……俺はロイドさんの心遣いが胸に染みた。

「ありがとうございます！」

ロイドさんに向かって、俺は深々と頭を下げた。

「ハァ、まぁ分かってはいたけど、やっぱり止められないか」

ラルが諦めたように呟く。

「うぅ、本当に悲しいです……。でも止められないんじゃ仕方ないですね……」

「あ、そうだ。こんなときこそ、今話題の魔導具の出番じゃない！」

ラルが何か思いついたようだ。

「今話題の魔導具って？」

「いいからいいから！　リヴェルはアギトとか呼んできなさい！　さっきの報告もまだしてないでしょ」

「お、おう。分かった」

ラルに背中を押され、ギルド『テンペスト』から追い出された俺はギルド『レッドウルフ』にやってきた。

「――と、いうわけなんだよ」

「ハァ!?　てめェ勝ち逃げするつもりかァ！」

「まぁ、まぁ。もう『テンペスト』で許可は取ってあるみたいなんだからアギトが怒っても何も変わらないよ」

カリーナはアギトを落ち着かせるように言った。

「それにしても今話題の魔導具って言えばアレしかないよね。早くテンペストにいこっ！」

「カリーナさんは知ってるのか？」

「まあね」

「どんな魔導具なんだ？」

「それは戻ってのお楽しみだよ」

アギトとカリーナと一緒にテンペストに戻ると、ラルが手に黒色の箱みたいなものを持っていた。

「それが話題の魔導具か？」

「うん。魔導撮影機って言うんだよ。まぁどういうものかは使ってみればすぐに分かるわね」

そう言って、ラルは黒色の箱をこちらに向けた。

パシャリ。

「何したんだ？」

黒色の箱の下から何か紙が出てきた。

その紙には、なんと俺が写っていた。

「凄いでしょ」

「ああ、確かに凄いな……。これが話題になるのも納得だ」

「そうそう。それ写真って言うのよ。これでリヴェルとの最後の思い出を作ろうってわけ」

「最後って……大袈裟だな。いつかまた会えるだろ」

「だね。僕らは英傑学園で2年後に会うことになるだろうし」

「誰でも英傑学園に入れるわけないでしょ、バカね」

「やれやれ、バカはそっちだろう？」

「待て待て。こんなときに喧嘩してどうするんだよ」

俺はクルトとラルが喧嘩する前になんとかお互いを止めた。

「そういや英傑学園とかあったなァ。クックック……そこに入りゃてめェにリベンジ出来るってわけか」

「確かに……。私も英傑学園を目指してみようかな……」

どうやらアギトとフィーアも英傑学園を目指す気になったようだ。

「おおー！　俺も目指しますよ！　リヴェルさん！」

ウィルもやる気になっている。

「いいな、みんなで行こうぜ。英傑学園」

「ほらほら、分かったからみんなそこに集まって」

ラルが場をまとめて、みんなを集める。

なるほど、こうやってみんなとの写真を撮るわけだな。

「ん？　俺が真ん中でいいのか？」

「当たり前でしょ！　誰がいなくなると思ってんの！」

「いなくならなかったとしても真ん中はリヴェルだけどね」

「そうですよ！　リヴェルさんがいなきゃテンペストはここまで持ち直したりしてませんからね！

……本当、ありがとうございました……！」

「お、おい泣くなってフィーア」

「だ、だってリヴェルさんがいなくなるのは寂しいですよ～」

「泣いてちゃせっかくの写真が台無しよ。ほら、みんな笑って！」

「ッハ、誰が笑うかよ」

「アギト～？　ちゃんと笑わないとダメだよ」

「アギトは僕のように笑顔に自信がないからね」

「ハァ!?　なんだとクルト！」

……なんか変なところで喧嘩が始まってるし。

「ん、これ押せばいいのか？」

ロイドさんは言った。

ロイドさんはみんなの前に立って、魔導撮影機を手に持っている。

撮影役はロイドさんのようだった。

「よーし、じゃあ撮るぞー。お前ら笑え～」

パシャリ。

「ロイドさん！　もう1枚撮って！」

「ん？　まぁ何枚でも撮りゃいいだろ」

パシャリ、パシャリ、パシャリ。

撮れた写真を見ていく。

ラルは流石商人と思わせる笑顔で、フィーアは泣いているのか笑っているのかよく分からない表情。

クルトは自信満々の笑顔でアギトはぎこちない笑顔。

アギトの隣でカリーナはいつものような笑みを浮かべている。

そして、ウィルに至っては号泣していた。

「はい、これ」

ラルがみんなで撮った写真の1枚を俺に渡した。

「いいのか？　貰って」

「当たり前じゃない。たまにはその写真見て、私たちのこと思い出しなさいよね」

「そうですよ、英傑学園に入学してもリヴェルさんに忘れられてたら泣きますからね……！」

「忘れるわけないだろ。それにフィーアは今も泣いてるし」

「な、泣いてません！」

フィーアは右腕で目元を擦《こす》った。

「……この写真、大切にするよ」

俺は写真を《アイテムボックス》にしまう。

「そこにしまっちゃえば絶対なくさないわね。ハァ～、本当便利よね」

「まあな」

そう言って、俺はギルド内を歩き出す。

冒険者になってから本当に色々なことがあった。

ここも今では立派なギルドに復活を遂げた。

職員も増えた。

ギルドメンバーも増えた。

本当に楽しくて騒がしい日々だった。
扉の前で立ち止まり、俺は振り返る。
そこには沢山の仲間がいた。
「みんな、今までありがとう！　またいつか会おうな！」
みんなからの別れの言葉を胸に俺はテンペスト、そしてフレイパーラを去って行った。
これから英傑学園入学まで強くなるためにやることは山積みだ。
なにせ俺が目指すのは、世界最強。
立ち止まってはいられない。
《アイテムボックス》から貰った写真を取り出す。
「ふふ、また会えるさ」
貰った写真を眺めながら俺は自然と呟いていた。
そして《アイテムボックス》に写真をしまうと、俺は前を向く。
仲間との再会を楽しみにしながら、俺はまだ見ぬ世界へ一歩を踏み出すのだった。

## 特別書き下ろし　温泉！　火竜！　そして火の精霊⁉

『テンペスト』に依頼されたAランク冒険者対象のクエストに「火竜を討伐してほしい」というものがあった。

場所はフレイパーラから少し離れたところにある火山地帯。

火山の麓にある村で温泉が有名らしい。

温泉を目当てに観光客が沢山訪れていたのだが、最近村を火竜が襲うようになり、一気に客足が減ってしまったという。

「どうですか？　中々良いクエストだと思いますよ」

受付でクエストの依頼書と睨めっこをしていた俺に受付嬢のエレノアさんはニコニコとした笑顔で奨めてくる。

「なんと言っても温泉がいいですね。凄く有名ですし、私一度でいいから行ってみたかったんですよ」

「……それ、エレノアさんの願望じゃないですか」

「でも、リヴェルさんはオーバーワークすぎるところがありますからね。良い息抜きになると思いますよ」

「お、温泉!?」

ぴょこぴょこ、とフィーアはウサミミを動かした。

どうやらギルドのカウンター前を通り過ぎた際、温泉というワードに反応を示したようだ。

「あら、フィーアさんもやっぱり温泉が気になりますか？」

エレノアさんの問いかけに対し、フィーアはコクコクと首を縦に振った。

「ではフィーアさんもリヴェルさんと一緒に登録しておきますね。もしかしたらフィーアさんはこのクエストでAランクに昇格するかもしれませんね」

「お、おお……ついに私もAランクに……」

「まだ決まってないけどな」

「んー、なになに？　温泉がどうしたの？」

ラルがフィーアの頭に顎を乗せて、ウサミミの間から顔を覗かせた。

「わわっ」

「これから受けるクエスト先の村が温泉で有名なんだとさ」

俺が答えると、ラルは目を輝かせた。

「なるほど……。私も行きたい！」

「単刀直入すぎる！　これは遊びじゃないんだぞ」

「それぐらい分かっているわよ。私もちゃんと商売しに行くの。決して温泉に入りたいわけではないわ」

「どうも信じられんな……結構危ない場所みたいだぞ？」

「えー、まぁリヴェルがいれば大丈夫でしょ。フィーアも行くみたいだし、それだけ役者が揃えばもう安全よ」

「私、頼りにされています……！　ラルさん、ぜひ行きましょう！　必ずお守りしますよ！」

「フィーア!?　……絶対それラルに良いように乗せられてるだけだからな」

「え、ええ!?」

「そんなことないわ。頼りにしているからね、フィーア」

「はい！　お任せください！」

『キュウも温泉入りたい！』

キュウまで乗り気になってしまった。

……ダメだこりゃ。

エレノアさんも苦笑いしながら一部始終を見ていた。

＊＊＊

結局、ラルも連れていくことになり、俺たちは例のクエストの村にやってきた。

火山地帯なだけあり、フレイパーラ付近とはだいぶ雰囲気が変わる。

地面から湯気が噴き出しているところもあって、ここが温泉で有名なのも何となく分かる気がした。

そして想像していたよりも村の規模は大きかった。

観光客が多いため、宿屋がそれなりに多く建ち並んでいる。

「うわー、全然人がいないね」

「この村の悲惨さが伝わってくるな」

「こういうの見ると、可哀想ですよね……なんとか助けてあげたいです」

「そうだな。まぁとりあえず、クエストの依頼主である村長宅に向かおうか」

村長宅にやってきた。

他の民家よりも大きな建物に住んでいた。

「おお、よくぞ来てくださいました！　冒険者の方々！　来て頂き、本当にありがとうございます！」

村長は俺たちを笑顔で歓迎した。

クエスト内容について村長から詳しく聞いていく。

「依頼内容は火竜の討伐ですよね？」

「はい……。1ヶ月ほど前から急に火山に住んでいた火竜が我々を襲うようになったんです」

「急に？　それまでは襲うことなんてなかったんですか？」

「はい、竜は賢い生き物で人間を襲うような真似はあまりしないと聞きます。村人一同とても不安に思っていまして……冒険者様には手遅れになる前に何としてでも火竜を倒して頂きたいのです……！」

机に両手を突き、村長はゆっくりと頭を下げた。

「お父さん……」

奥の部屋から青色の髪をした少女が現れた。

村長をお父さんと呼ぶところをみると、どうやらこの子は村長の娘さんのようだ。

少女は言葉を続ける。

「あの火竜は災いだよ。冒険者の方に迷惑掛けなくても私が精霊様の生贄《いけにえ》になればそれで済む話じゃない」

少女は笑顔で言った。

「ダメだ……！　そんなの私は認めん！」

「お父さん、村長でしょ。村の伝統はちゃんと守らなきゃ」

「だが、それではマナ……お前が……！」

「あのー、すみません。生贄について詳しく教えてもらってもいいですか？」

静観していたラルが手を挙げて、会話に割り込んでいった。

「この村に何か災いが起きたとき、火の精霊イフリート様に村人の一人を生贄に捧げるのです」

「つまり、貴方は死ぬってことだよね？」

「そうですね」

「良いの？」

「良いわけない！」

マナと呼ばれた少女の言葉を遮って、村長が答えた。

「すみません……取り乱しました」

「大丈夫ですよ。それに事情はよく分かりました。村長はマナさんに生贄になってほしくない。だからクエストを依頼したんですね」

俺は状況を整理しつつ、村長に確認を取る。

「はい……そうです。情けない話ですが、妻を失った私に残されたただ一人の娘なんです。出来ることなら変わってあげたい。しかし、精霊様が生贄にマナを指名したからにはもう揺るがない事実です。それでも私はマナを守りたいんです……！」

「お父さん……」

親子二人の目から涙が零れる。

「う、うぅ……。こんなの悲しすぎます～」

フィーアは二人以上に涙を流していた。

「リヴェルさん……助けてあげましょう！」

涙ながらにフィーアは決意を固めたようだった。

「ああ、もちろんだ。村長さん、娘さんは生贄にはさせませんよ。その火竜、必ず俺たちが討伐してきますから」

「ほ、本当ですか!?　ありがとうございます！」

「ううぅ……」

マナは泣きながら座り込んだ。

「ありがとうございます……。私、本当はもっと生きたいです……」

「そりゃそうでしょう。こんなに良いお父さんに育てられて、死にたいなんて思うはずないですよ」

「リヴェルさん……何卒《なにとぞ》……よろしくお願いします……！」

村長も娘と同じように座り込んで、地に頭をつけて土下座をした。

「ところで村長さん」

ラルの言葉を聞いた村長は頭を上げた。

「はい、なんでしょう」

「この二人が火竜を討伐した暁には、ぜひこの村の温泉に入らせてもらえないかしら？」

「お安い御用ですよ。ぜひ、我が村の湯を満喫していってください」

「というわけよ！　リヴェル、フィーア、頑張って火竜倒して来なさい！」

「はい！」

ラルの言葉に元気よく返事をするフィーア。

……何というか、さっきまでの雰囲気が台無しだと思うのは俺だけだろうか。

＊＊＊

火竜を討伐するために俺とフィーアは火山に登ることにした。

村長曰く、山に登っている人をよく襲うとのことだ。

ちなみにラルとキュウは村長宅で待機している。

ラルの奴、本気で温泉だけ入りに来てないか？

「私、山登りなんて初めてですよ。冒険者になってから色々な体験が出来て本当に楽しいです」

傾斜の急な坂道を歩いているときにフィーアは笑顔で言った。

「フレイパーラ周辺は結構平らな地形をしているからな。山も近くにないよな」

「そうですね。だから何か凄く新鮮です。このまま山頂まで登ってみたいぐらいですね」

「なるほどなぁ。でもそうは言っていられないみたいだぞ」

「……へ？」

「ほら、上見てみろよ」

「まさか……ぎゃあああアァァ！」

フィーアは首を上に向けると、絶叫した。

何故なら火竜がフィーアに向かって急降下していたからだ。

「フィーアはウサミミをしているからな。絶好の獲物だと思われているのかもしれないな」

「って、呑気に言ってる場合じゃないですよぉ!!」

フィーアは銃を手に持ち、火竜が爪で掴もうとするのを横に跳んで回避した。

「ひどいですよ、リヴェルさん」

「悪い悪い。でもちゃんと教えただろ？」

「もっと危なそうに教えてくださいよ」

「フィーアなら簡単に避けられると思ってな」

「まぁそうですけど」

否定しないフィーアだった。

……しかし、あの火竜、何か違和感があるな。

「フィーア、しばらく火竜との戦いはお前一人に任せていいか？」

「大丈夫ですよ」

「助かる」

銃を持ったフィーアはとても心強いな。

さて、火竜を見て思った違和感の正体は何なのか突き止めるとするか。

俺が真っ先におかしいと思ったのは火竜の魔力の流れだ。

普通なら、魔力は人、魔物関係なく、体全体に満遍なく流れているものだ。

だが、火竜の魔力は胸部に集中している。

それも何とも歪《いびつ》なバランスでな。

それなら……。

注意深く魔力を観察していると、火竜の魔力がどこかと繋がっていることに気付いた。

跡を追うと、どうやら火竜の魔力は村の奥にある洞窟と繋がっているようだった。

なるほど、これは間違いなく裏があるな。

火竜は洗脳魔法にかけられているようだからな。

村の奥の洞窟に何があるのかは後で村長に聞いてみるとして、今は火竜の洗脳を解くのが先だろう。

「よし、フィーア。あとは俺に任せろ！」

「分かりました」

俺は火竜に接近し、剣の刃が付いてない側で頭部を思いっきり叩いた。

すると、火竜は落下して気絶した。

「まさか一発で仕留めるとは……」

「まぁ気絶させただけだけどな」

俺は気絶した火竜から繋がっている魔力を切断し、洗脳魔法を解いた。

しばらくして火竜は瞳をパチリと開けて、目を覚ました。

火竜はキョロキョロと辺りを見回す。

「襲ってくる気配はありませんね」

「ああ、火竜は洗脳魔法にかけられていたからな。襲っていたのは自分の意思じゃないのさ」

火竜は言葉が伝わったのか、ぺろりと俺の顔を舌で舐めた。

「なんだ？　感謝でもしてるのか？」

「ゴワ！」

俺に応えるように火竜は鳴き声をあげた。

そして火竜は飛び去って行った。

「もう変な洗脳魔法にかかるんじゃないぞー」

俺は飛び去って行く火竜に向けて、手を振った。

「リヴェルさん、先ほどの話に戻りますけど、火竜に洗脳魔法をかけたのは一体誰なんですか？」

「それをこれから明らかにしてやるのさ」

大体目星はついているが、今はまだ言うべきではないだろう。

＊＊＊

村長宅に戻ってきた俺を見ると、村長はガタッと椅子から立ち上がった。

「ど、どうでしたかリヴェルさん！」

「ええ、火竜はもう問題ありませんよ」

「よ、良かった～」

村長は力が抜けて、倒れ込むように椅子に座った。

「だがこの一件には黒幕がいるみたいです。村の奥にある洞窟。あそこには何が住んでいますか？」

「村の奥の洞窟ですか？　あそこには精霊様の祠《ほこら》がありますけど……」

「やはりそうでしたか。今からその祠まで案内してもらうことって出来ますか？」

「はい。大丈夫ですが……どうかされたのですか？」

「行けば分かりますよ」

「リヴェルさん……！　私も付いていきま――」

「あ、そういえば村長さん、もう温泉って入りに行ってもいいの？」

フィーアの言葉をラルが遮った。

「ええ、もちろんです。今は旅行客もいないと思うので貸し切りの温泉を楽しんでください」

「やったー！　ありがとうございますー！」

「キュウゥ〜！」

貸し切りと聞いて、更に喜ぶラルとキュウ。

「リヴェルさん……、私付いていきません」

うん、なんとなくそんな気はしてた。

＊＊＊

洞窟に着いた俺と村長。

洞窟の中は松明《たいまつ》が灯されているが、薄暗く不気味な雰囲気だ。

奥へ進んでいくと、広い空間に出た。

「ここが祠です」

「精霊様というのはどこに?」

「あの赤い鳥居の奥にいらっしゃいます」

赤い鳥居の奥にはまだ洞窟が続いている。

この奥に精霊様は住んでいるようだ。

「村ノ長ヨ、生贄ノ準備ガ出来タカ」

奥から低い声が響いてきた。

これが精霊様の声か。

「い、いえ。こちらの冒険者が火竜を退治してくださったので……」

「何ィ!」

奥からドスドスと足音がこちらに向かって近づいてくる。

そして、四足歩行の赤色の化物が姿を見せた。

「ひ、ひぃ! 精霊様! どうか怒りをお静めになってください!」

「許サン! 村長、オマエノ肉ヲ今捧ゲヨ!」

「そ、そんな! ど、どうかお許しください!」

「精霊様は生贄を捧げさせたあと、何をするつもりだったんだ?」

「オマエガ冒険者カ」

「ああ。それでどうなんだ？」

「火竜ヲ滅ボスダケダ」

「嘘はいけないな。お前が火竜を操ってたのには気付いているんだぜ」

「な、なんですと!?」

村長は恐怖に染まった表情で驚いた。

「オマエハ村人タチヨリモ賢イヨウダ。我ガ災イヲ起コシ、生贄ヲ捧ゲサセ、対処スル。コノ繰リ返シヲ何度モ行ッテキタノダ。生贄トイウ安定シタ食糧ガ手ニ入ルカラナ」

「な、なんてことだ……。じゃあ今まで生贄に捧げてきた村人は……全部精霊様の食糧になってたというのか……」

「そうみたいですね。どうします？　村長。コイツ倒します？」

俺は村長に問う。

もしかすると、伝統を重んじてこれからもコイツに食糧を供給し続ける可能性も考慮したからだ。

それに、この事実を信じない村人も多いだろうからな。

「お願いします……この化物を倒してください！」

「了解！」

許可が出たと同時に俺は鞘から剣を抜いた。

「馬鹿ガ。死ヌノハ貴様ラノ方ダ！」

「さーて、それはどうかな」

俺はこいつ相手に修行する気なんて微塵もない。

これほど不愉快な気持ちになったのは久しぶりだったからだ。

「燃エ尽キロ！」

イフリートは火の精霊らしく、業火の炎を放ってきた。

その炎を俺は切り裂く。

「何ダトッ!?」

「一撃で仕留めてやる。《剛ノ剣・改》」

「ヤ、ヤメ……ロ」

剣撃を放つと、イフリートは真っ二つに両断された。

それでもしぶとく生きているようだったが、身体を元に戻そうとただもがくだけでしばらくすると絶命した。

「なんという強さだ……」

「ふぅ、これにて一件落着ですかね」

「はい……！　しかし今までの村の伝統がただ化物に餌を与えているだけだったとは……。この連鎖を止めてくれたリヴェルさんには本当にどれだけ感謝してもしきれませんね……」

「気にしないでください。冒険者として当然のことをしただけですから」

＊＊＊

洞窟から戻ってくると、ラルとフィーアが浴衣に着替えて待っていた。

「おかえりー。ここの温泉めちゃくちゃ良かったよ」

「リヴェルさん、おかえりなさい！　温泉、本当に良かったですね！　有名になるだけはありますよ」

『あるじ！　お腹すいた！』

肌をピカピカさせて、ご満悦の二人と1匹。

まったくこいつらは……。

「ズルいぞ！　実は俺も楽しみにしていたんだからな！」

そう言って、俺も温泉に向かって行った。

実は俺も温泉に入りたかったのだ。

羨ましい奴らめ……！


その後、俺は温泉を満喫し、村自慢の料理をご馳走してもらった。

正直、めちゃくちゃ良かった。

奨めてくれたエレノアさんに感謝しないとな。

# あとがき

どうも、コロナの影響で昼夜逆転生活を満喫中の蒼乃白兎です。

寝て、目が覚める頃には空が少し赤くなっています。

寝るのが遅くなってしまっている原因は主にゲームです。

友達とボイスチャットをしながら一緒に遊ぶのはとても楽しいですね。

コラ！　蒼乃白兎くん、ちゃんと執筆しなさい！

さて、２巻はリヴェルが冒険者として成り上がっていくストーリーとなりました。

実は『テンペスト』を襲う輩達についてはもう少し掘り下げたものを書く予定でした。

しかし、本作は「小説家になろう」で連載している作品なので、テンポが悪くなるのは避けたかったこともあり、丁度いいところで切って、次の内容に進んでいく決断をしました。

掘り下げてもそこまで面白い内容にはならなかったと思うので、これで良かったはず！

２巻の最後は仲間達との別れと新たな旅立ちで締めました。

写真を撮るのって良い思い出になりますよね。

それに一緒に写真を撮った人達って他人ではない特別な関係であることの証明にもなると思うん

ですよ。

だから個人的には2巻の終わり方はとても好きで、思いついたときは興奮しました。

そして、3巻からはついに英傑学園編です。

主要キャラで、しかもメインヒロインであるアンナの出番が一番少ない問題をやっと解決できそうです。

リヴェル、旅立ってくれてありがとう。

イラストを担当して頂いた紅林のえ様、本当にありがとうございます。

今回も素敵なイラストでニヤニヤしながら何度も観賞しておりました。


最後に皆様にご報告があります！

2020年9月、『世界最強の努力家』のコミカライズがコミックアース・スターにて連載スタートします！

2巻の発売前後にスタートすると思うので、是非チェックしてみてください！

漫画を描いて下さるのは、遠田マリモ様。

どうぞよろしくお願いいたします。

ネームを見た時は、嬉しくて小躍りしてしまいました。

連載開始を心より楽しみにしております！

それでは皆様、また次巻でお会いしましょう！

次巻が出る頃には僕の生活習慣も改善されているはず！

起きて見る空は段々と暗くなり、一周回って健康的な生活になっていることでしょうから！

誰よりも美しく、慈悲深い大聖女。
あなたはこうやって、伝説となっていくのだ……。
は、ひた隠す
ひた隠す
A Tale of the Great Saint
コミカライズ1巻
大好評発売中!!!
漫画:青辺マヒト
コミックアース・スターにて
連載中!!
https://www.comic-earthstar.jp/

## あらすじ

従魔の黒竜が旅立ち、第一騎士団に復帰したフィーアは、
シリル団長とともに彼の領地であるサザランドへ向かう。
そこはかつて、大聖女の護衛騎士だったカノープスの領地であり、
一度だけ訪れたことのある懐かしい場所。
再びの訪問を喜ぶフィーアだったが、
10年前の事件により、シリル団長と領民の間には埋めがたい溝ができていた。
そんな一触即発状態のサザランドで、
うっかり大聖女と同じ反応をしてしまったフィーアは、
「大聖女の生まれ変わり、かもしれない者」として振る舞うことに…！
フィーア、身バレの大ピンチ！？

# 転生した大聖女
# 聖女であることを

十夜 Illustration chibi

**続々重版中！**
**400万PV越えの**
**超人気作!!!**

がココにある。
私の従僕
私、能力は平均値でって言ったよね!
二度転生した少年はSランク冒険者として平穏に過ごす
～前世が賢者で英雄だったボクは来世では地味に生きる～
転生したらドラゴンの卵だった
～最強以外目指さねぇ～
戦国小町苦労譚
領民0人スタートの辺境領主様
毎月15日刊行!!
https://www.es-novel.jp/

あなたの“好き”
反逆のソウルイーター
～弱者は不要といわれて
剣聖（父）に追放
されました～
転生した大聖女は、
聖女であることをひた隠す
冒険者になりたいと
都に出て行った娘が
Sランクになってた
即死チートが
最強すぎて、
異世界のやつらがまるで
相手にならないんですが。
人狼への転生、
魔王の副官
アース・スター ノベル
EARTH STAR NOVEL

EARTH STAR NOVEL

# 世界最強の努力家
## ～才能が【努力】だったので効率良く規格外の努力をしてみる～　2

発行 ―――――― 2020年9月15日　初版第1刷発行

著者 ―――――― 蒼乃白兎

イラストレーター ―――― 紅林のえ

装丁デザイン ―――― 山上陽一＋藤井敬子（ARTEN）

発行者 ―――――― 幕内和博

編集 ―――――― 今井辰実

発行所 ―――――― 株式会社 アース・スター エンターテイメント
〒141-0021　東京都品川区上大崎 3-1-1
目黒セントラルスクエア　8F
TEL：03-5795-2871
FAX：03-5795-2872
https://www.es-novel.jp/

印刷・製本 ―――――― 中央精版印刷株式会社



ISBN 978-4-8030-1453-2